열일곱 살의 털

김해원 지음

사□계절

열일곱 살이 되는 날 아침, 나는 날이 바짝 선 가위 앞에 앉아야 했다. 아침 내내 숫돌에 무뎌진 날을 갈리며 풀벌레처럼 울던 가위의 민날은 시퍼렇게 되살아나 입을 꾹 다문 채 먹잇감을 기다리고 있었다. 가위의 두 민날이 내 정수리 위에서 서로 교차하며 머리카락 끝을 앙칼지게 자르는 순간, 나는 추운 날 오줌을 쏟아 낸 것처럼 진저리를 쳤다.

할아버지는 다부지게 가위를 움직였다. 할아버지는 이제 겨우 세상 구경을 한 내 가여운 머리카락을 모조리 쳐낸 뒤, 목덜미에 숨죽이고 있는 잔털까지 남김없이 밀어 버릴 것이다. 할아버지는 열일곱 살의 머리카락에는 아무짝에도 쓸모없는 욕망이 뒤엉켜 자라고 있어 그것들이 세상 밖을 기웃거리기 전에 무질러야 한다고 믿었다. 그렇지만 할아버지의 능갈맞은 가위도 아직 사내가 되지 못한 사내아이의 욕망을 뿌리째 뽑아낼 수는 없었다. 도리어 밤마다 자라나고 아침마다 솟아나는 사내아이의 머리털은 가위 민날에 단련되어 쇠어졌다.

나는 할아버지가 가위를 단발 가위로 바꾸는 사이 아까부터 건너편 '황가네 만두' 간판 아래에서 서성대며 이쪽을 넘겨다보는 황정진의 밉살스런 긴 머리털을 보았다. 마른침을 꿀꺽 삼켰다. 허망하게 잘려나간 내 머리털 한 줌이 목에 걸린 것 같았다. 그래도 말해야 했다. 나는 거울 속 할아버지를 보며 천천히 입을 뗐다.

"할아버지, 귀 쪽은 좀 덜 깎으셔도……."

"열일곱 살이면 어른이다. 네 증조할아버지는 열일곱에 이태성이발소를 맡으셨다. 경성 최고 이발사셨지, 그 때 이미. 경성에서 내로라하는 사람들이 네 증조할아버지를 찾았다. 증조할아버지 솜씨는 일본 사람들도 혀를 내둘렀어. 일본 이발사들도 솜씨를 보러 오곤 했다니까. 대단했지. 나도 열일곱에 단골손님들이 있었다. 고개 숙여 봐."

할아버지는 내 말을 뚝 자른 뒤 단발 가위로 옆머리를 바짝 밀고 대갈못에 매달아 놓은 가죽에 썩썩 문지른 면도칼로 목덜미 털을 싹싹 밀었다. 내 열일곱 작은 욕망도 무참히 쓸려나갔다. 입학식 전까지 며칠만 조금 더 기르고 싶다거나 적어도 생일날에는 머리를 박박 깎이고 싶지 않다거나 하는 것도 욕망이랄 수 있을까. 최고의 이발사가 되고 싶었던 증조할아버지와 할아버지의 욕망에 견준다면 내 욕망은 어숭그러하다.

그래도 그마저 거세한 할아버지는 수십 년 동안 수천 명의 거세된 머리털이 박혀 뻣뻣해진 스펀지로 내 목덜미에 남은 미련까지 툭툭 털어내 버렸다. 욕망도 미련도 남김없이 맨살을 드러낸 목덜미가 아렸다.

나는 힐긋 거울에 비친 내 열일곱을 본 뒤 곧 고개를 돌려 버렸다. 짧은 머리털들은 불호령에 놀라 허리를 곧추세우고 있는 것처럼 보였다. 나는 뻐르적거리며 일어나 일을 훌륭하게 마친 이발사에게 고개를 숙이고는 얼른 빗자루를 들었다. 조금 전까지만 해도 내 소중한 머리털이었으나 이제는 성가신 쓰레기가 된 머리카락을 긁어모았다.

"됐다. 만둣집 아들 목 빠지겠다. 너희 영화 보기로 했다면서. 그냥 놔두고 가라."

"괜찮아요."

"네 볼 일이나 봐."

"아직 시간 있어요……."

할아버지는 전쟁터에서 돌아온 병사가 무기를 손질하듯, 머리털을 그러모아 속을 채운 주머니로 가위를 문질러 닦았다. 뭇 사내들의 DNA와 내 DNA가 한데 엉클어져 있을 머리털 주머니는 가위를 번쩍번쩍 광내는 데 제격이었다. 할아버지는 잘 닦인 가위를 들어 허공에 대고 헛가위질을 해 본 뒤 거울 앞에 조심스럽게 내려놓았다. 그러고는 내가 비질을 끝내고 엉거주춤 이발소를 빠져나가려 하자 빳빳하게 허리가 접힌 돈을 내놓았다.

"든든하게 먹고 다녀라."

나는 늘 그랬듯이 선뜻 손을 내밀지 못했다. 우물쭈물하다가 할아버지가 눈짓으로 어서 받으라 채근한 뒤에야 마지못해 돈을 받아 이발소를 나왔다. 그제야 감사하다고 말하지 않은 걸 깨달았다. 나는 아직 할아버지의 온기가 남은 돈을 조심스럽게 바지 주머니에 넣었다. 할아버지의 생일 선물인 셈이다. 머리를 깎아 주는 것도, 한 달치 용돈보다 큰 액수의 돈을 쥐여 주는 것도. 나이가 늘어날수록 머리카락은 짧아졌지만, 돈의 액수는 점점 커졌다.

"머리 깎고 이발사한테 돈 받는 건 너밖에 없을 거야."

김 오른 찜통에서 막 꺼낸 찐빵처럼 부어오른 커다란 얼굴을 긴 머리털로 교묘히 가린 황정진이 머리 깎인 것을 위로한답시고 한 말이었다.

"너도 우리 이발소에서 깎아 봐라. 또 아냐, 우리 할아버지가 옛날 단골손님 다시 찾아왔다고 돈이라도 줄지."

"그건 사양할란다. 내 동생이 그러는데 얼굴 작아 보이려면 머리로 좀 가려야 한다더라. 나야 해당 사항 없지만, 요즘 V라인이 대세잖아. 이 형님은 이왕 기른 김에 염색도 해 볼까 고민 중이시다. 감각 좀 있다 하는 애들은 다 염색했더라. 저기

재 봐라. 우리 학원 다니는 앤데, 노랗게 염색했잖아."

정진은 종로로 나가는 버스 안에서 차창 밖으로 오토바이를 타고 가는 노랑머리를 가리켰는데, 마치 노란 풍선 하나가 휙 지나가는 것 같았다. 정진은 멀어져 가는 노란 풍선을 뒤돌아서까지 한참 바라보았다.

"괜찮지 않냐?"

괜찮지. 괜찮고말고. 입영 통지서만 손에 쥐면 딱 맞을 머리를 하고 있는 나한테 세상 모든 사내아이들의 머리 모양새는 다 괜찮아 보였다. 나는 영화관 앞에서 종로 바닥을 휘젓고 다니는 내 또래 아이들의 머리를 보면서 부러움에 절망했다. 영화를 보는 동안에도 스크린을 채우는 모든 사내들의 머리만 눈에 들어왔다.

"일호야, 브래드 피트 머리, 네 머리하고 비슷하지? 그런데 갈색이라 그런가, 브래드는 짧아도 폼 나더라."

정진도 영화를 헤어 쇼로 보았는지, 영화관에서 나오자마자 머리를 들먹였다. 정진은 영화에 등장한 브래드 피트와 맷 데이먼과 조지 클루니의 헤어스타일을 하나하나 진지하게 분석했다. 헐리우드 영화배우들의 헤어스타일은 종로 골목길을 돌면서 고등어구이와 삼치구이 냄새에 절었다.

"조지 클루니 머리 봤지. 그 머리는 경륜을 상징하는 거다. 사기 솜씨를 머리로 나타내는 거지. 자연스럽게 올린 듯 만 듯한 앞머리 봐. 그 머리만 봐도 이 사람이 얼마나 노련하게 남의 뒤통수를 치는지 보여 주는 거지. 아, 나 만두도 주문해 줘."

식당에 들어와서도 내내 떠들던 정진은 쫄면, 김치볶음밥, 튀김에 만두까지 추가했다.

"만두 지겹지 않냐?"

"아니. 인이 박여서 그런가, 끼니때마다 만두를 먹어야 제대로 먹은 것 같아. 나야말로 진정한 만두 애호가라고 할 수 있지. 우리 아빠는 다른 집 만두는 안 먹으려고 하지만, 난 안 그래. 나는 어른이 되면 전 세계로 요리 순례를 떠날 거다."

"성지 순례도 아니고?"

"나한테는 음식이 신이야, 신! 아빠는 우리 집 비법을 고수하려고 하지만 난 절대로 아니다. 난 전 세계의 맛을 과감히 수용한 새로운 만두를 만들 거야. 나와 우리 아빠가 근본적으로 다른 게 있다면, 만두에 대한 철학과 헤어스타일에 대한 취향. 특히 나는 어른이 돼도 우리 아빠처럼 고지식한 머리는 하지 않을 거다. 아빠들은 아들들이 자신과 똑같은 머리 모양을 하길 바라지만, 아니지. 자유를 망각한 아빠들의 전근대적인 헤어스타일이야말로 우리가 타파해야 할 적이다. 안 그러냐?"

"나는 싸울 적이 없잖아."

한참 신바람 나서 떠들던 정진이 내 말에 움찔해 입을 다물었다. 나는 생각 없이 툭 던진 말인데, 정진은 당황해 큰 눈을 슴벅댔다. 그리고 난감한 사태를 무마할 뭔가 적당한 말을 찾으려는 듯 끙끙거리다가 겨우 한 말이 "만두소 만들어서 주려

나 왜 이렇게 늦냐."는 거였다. 나는 픽 웃고 말았다.

"하루 이틀도 아니고 그럴 거 없어."

"응, 그래. 그렇지? 나는 그냥 네가 그럴까 봐."

"신경 쓰지 마."

나는 진심으로 나도 본 적 없는 아버지를 정진이 신경 쓰지 않기를 바랐다. 하긴 정진은 음식이 나오자 내 아버지뿐만 아니라 세상 모든 아버지의 존재를 잊고 음식에 정진했다. 정진은 아주 천천히 음식을 씹으면서 그 맛에 빠져들기 시작했다. 정진의 땀구멍으로 땀이 솟고, 콧구멍으로 콧김이 뿜어져 나왔다. 정진이 음식을 씹을 때 거칠게 콧구멍을 벌렁거리면 그 음식은 틀림없이 맛있다. 나는 정진의 콧구멍을 바라보면서 젓가락으로 쫄면 가닥을 집어 올렸다.

내가 처음으로 아버지의 부재를 가슴으로 느낀 것은 예닐곱 살 때였다. 그 때만 해도 태성이발소에는 내 또래 사내아이들이 아버지 손을 붙잡고 왔다. 아이들은 제 아버지 앞에서 머리를 깎았고, 아버지들은 마치 성스러운 의식이라도 치르는 양 엄숙하게 그 광경을 바라보았다. 그리고 머리를 다 깎으면 '훌쩍 커 보인다'며 대견해 했다. 아이들은 이발소를 나서면 성장의 대가로 사탕이나 과자 봉지를 손에 쥘 수 있었다. 이발소 낡은 소파에 쭈그리고 앉아 한글 쓰기나 수학 학습지 따위를 풀던 나는 크는 것을 확인해 줄 아버지가 없어 영영 어른이 되지 못할까 봐 겁났다.

그 무렵 나는 하루 종일 아버지를 생각한 날 밤이면 똑같은 꿈을 꿨다. 꿈속에서 할아버지가 내 머리카락을 깎는데 아무리 깎아도 머리가 그대로인 거다. 할아버지의 얼굴은 일그러지고 나는 오줌보가 터질 듯이 빵빵해졌다. 결국 나는 참지 못하고 이발소 의자에다 오줌을 쌌다. 내가 여덟 살이 되도록 이불을 오줌으로 흠뻑 적신 것은 그 꿈 때문이었다. 그 꿈을 꾸면서부터 이발소 의자에 앉는 것이 싫었다. 나는 아무리 머리를 깎아도 다른 아이들처럼 어른이 되지 못하고, 만난 적도 없는 아버지의 어린 아들로 남을까 봐 두려웠다.

다행히 내가 꽤 자랐을 때 내 또래 아이들도 나처럼 이발소에 오는 것을 싫어했다. 아버지들은 아이들의 성장을 경건하게 바라보는 데서 그치지 않고 더 짧게 깎아라, 앞머리를 길게 하지 말라는 참견을 했고, 아이들은 가위질을 견뎌낸 대가로 사탕이나 과자 따위의 싸구려 전리품조차 얻지 못했다. 아이들은 억지로 이발소에 끌려와 이발소 의자에 앉게 되면 아버지들이 한눈을 파는 사이 상스런 욕을 내뱉었다. "씨팔, 좆도." 나는 그 욕을 들을 때마다 통쾌했다. 아이들도 나처럼 아버지의 아들로 남고 싶어 하지 않는구나. 나는 비로소 그들과 한편이 된 것이다.

그런데 그 아이들은 나처럼 거웃이 자란 뒤에는 태성이발소를 아예 오지 않았다. 오로지 그 아이들의 아버지들만이 병사를 잃은 장수처럼 혼자 쓸쓸히 찾아왔다. 아버지들은 자신의 충실했던 어린 양들이 어둠 속에서 길을 잃고 방황하다 세상을 이끌고 갈 건실한 어른이 되지 못할까 봐 걱정했다. 그 한탄에 할아버지는 장단을 맞추며 더 열심히 가위질을 했다. 할아버지는 그 아버지들만이라도 더 짧은 머리로 건전하게, 강건하게 이 세상을 지켜 주기를 바라는 것 같았다.

하지만 아버지들이 걱정하는 아이들은 모든 염려와 탄식을 비웃으며 미용실에서 제 입맛에 맞는 어른이 되려고 몸부림쳤다. 아이들은 아버지와 싸우며 천천히 어른이 되고 있었다. 나만 빼고.

나는 싸울 아버지가 없는 나만 아이들과 다른 부류의 어른이 될 것만 같았다. 중학생 때 정진이나 다른 아이들이 간혹 태성이발소를 오긴 했지만, 그것은 싸움에 져서가 아니라 충분한 대가가 있는 협상의 결과였다. 그들은 아주 잠시 저희가 원하는 어른이 되는 것을 보류한 것이다. 어른이 되는 것을 영원히 보류당할지 모르는 나와는 차원이 달랐다.

나도 싸우고 싶었다. 하지만 할아버지는 싸우기에는 너무 오래되었다. 할아버지는 늙은 소나무 같았다. 할아버지의 뿌리는 아버지들보다 질기고 강했다. 할아버지의 뿌리는 지구 반대편 어느 도시, 나이든 이발사의 발밑까지 뻗쳐 있을지도 모를 일이다.

나는 그런 할아버지와 싸우기에는 너무 작았다. 아니 싸울 수 없었다. 할아버지가 보굿처럼 갈라진 발을 땅에 박고 수많은 사내들을 털갈이시켜 세상에 내보냈기에 내 입에 밥알이 들어가고, 잠을 자고, 학교에 갈 수 있었다. 그리고 이렇게 정진이와 쫄면도 먹을 수 있는 것이다. 내 아버지가 없이도.

종로에서 돌아온 뒤 우리는 곧장 집으로 가지 않고 동네 골목을 쏘다녔다. 골목 모퉁이마다 손자가 좋아하는 음식을 만들려고 슈퍼를 오갔을 할머니의 싸구려 화장품 냄새와 하루 종일 집을 구하려는 사람들과 입씨름을 한 엄마의 단내가 고여 있었지만, 집에 가고 싶지 않았다.

정진은 해가 기울어 골목길 담벼락이 거무트름해지자 앞장서 동네 공터로 갔다. 낮 동안 학원 안 간 꼬마들이 차지했을 공터에는 찬바람과 버려진 낡은 소파만 덩그러니 놓여 있었다. 정진이 소파 팔걸이에 툭 걸터앉자 소파가 부지직 아픈 소리를 냈다.

"기다려라! 곧 밤이 시작되면 어둠의 신이 너를 기쁘게 할 것이다."

밥 잘 먹고 웬 흰소리. 나는 모른 체 떨어지는 해만 바라봤다. 열일곱 살의 첫날이 저물어 가고 있었다. 푸르뎅뎅한 하늘 가장자리에 퍼지는 노을은 색소가 지나치게 들어간 불량식품처럼 보였다. 나는 소파에 다리를 쩍 벌리고 앉아 한쪽 다리를 불량하게 흔들어 보았다. 껌만 씹으면 폼 날 텐데.

해가 완전히 떨어지자 정진이 주머니에서 부스럭거리며 뭔가를 꺼내 내게 내밀었다. 받고 보니 담뱃갑이었다. 껌보다 한 수 위다. 나는 정진을 빤히 쳐다봤다.
"어둠의 신이 주는 생일 선물이다. 기대는 하지 마. 겨우 두 개비밖에 없으니까."
"어디서 났어?"
"우리 학원에 담배 갖고 다니는 애들 꽤 되거든. 그렇다고 거저 얻은 거라고 생각하면 오산이다. 아주 어렵게 구한 거야. 이 형님이 네 생일을 맞아 특별한 이벤트를 하려고 무척 애썼다."
"이게 특별하냐?"
"너는 여태 안 해 본 일이니까 특별하지."
담뱃갑에는 '과부촌' 상호가 박힌 빨간 일회용 라이터도 있었다. 과부촌이라니. 동네 사람들이 생과부라고 하는 엄마 얼굴이 밤바람을 타고 스쳐 지나갔다. 나는 담배를 입에 물고 불을 붙인 뒤 길게 빨아들였다. 담배 끝 불이 화드득 타들어 가자 매콤한 연기가 목을 타고 가슴으로 훅 밀려들었다. 순간 숨이 콱 막히는 것 같았지만 참을 수 있었다.
"어떠냐, 맛이?"
"궁금하면 너도 피워 봐."
"큰일 날 소리, 절대 안 돼! 담배는 미각을 무디게 하거든. 혀가 니코틴에 중독되면 요리사 노릇은 포기해야 해."
"내 혀는 괜찮고?"
"내 혀는 맛을 느껴야 하지만, 네 혀는 잘 삼키기만 하면 되니까."

나는 연기를 깊숙이 삼키려고 애썼다. 매운 연기가 내 몸속에 잠든 나도 모르는 무엇인가를 깨우길 바랐다. 일어나라! 일어나! 나는 짧은 머리를 한 번 쓱 쓰다듬고 진지하게 담배 연기를 빨아들였다. 얼마 지나지 않아 필터만 남았다. 나는 능숙하게 신발 바닥에 다 태운 담배를 비벼 껐다. 간단하군. 태어나 처음 어른들이 정한 금기를 깼는데, 싱겁게 끝나 버리자 좀 허탈했다. 이런 것에 중독된다는 게 우스웠다. 어쩌면 더는 제 속을 태울 것이 없이 바짝 말라비틀어진 사람들이 담배를 대신 태우는 것인지도 모른다. 나는 한 번도 나를 태워 본 적이 없다.

"너 상습범 아냐? 얌전한 고양이가 부뚜막에 먼저 오른다더니, 담배는 언제 배웠냐?"

"이딴 것도 배워야 하나? 어쨌든 특별한 생일 선물 고맙다."

나는 담배 한 개비가 남은 'Timeless Time'을 점퍼 속주머니에 잘 넣었다. 담배로 영원한 시간을 얻기라도 한 듯 왼쪽 가슴에 느껴지는 담뱃갑의 부피가 기분 좋았다. 나도 나를 태우다 지칠 때 대신 담배 한 개비를 꺼내 물게 될 거야. 열일곱 살, 나도 금기를 넘어서 세상과 맞서 나를 태울 날이 올지 몰라. 나는 집으로 돌아가는 길에 자꾸 왼쪽 가슴을 쓰다듬으며 혼자 중얼거렸다.

2

할머니는 태성이발소의 대를 이어 온 송씨 집안 남자들을 '제 털 뽑아 제 구멍에 박을 위인들'이라고 했다.
"할머니, 그게 무슨 말이야?"
"뭔 말은 뭔 말이여! 주변머리라고는 눈곱만큼도 없어서 하나밖에 모르는 위인들이란 말여. 그래가지고 시루 글겡이 하나 생기지도 않으며 그러지. 네 할아버지만 해도 진즉에 종로에 있을 때 딴 장사를 했으면 돈 좀 만졌을 텐데, 곧이곧대로 아버지 유업을 잇는다 어쩐다 해서 시방 좋아진 게 뭐 있어. 나라에서 하는 일이라면 자다가도 벌떡 일어나던 네 증조할아버지나 네 할아버지나, 고지식혀서 병을 만드는 사람들이지. 하긴 네 고조할아버지를 보면 그 핏줄은 더 얘기할 것도 없지만

서도."

할머니의 신세 한탄은 대개 내 고조할아버지로 거슬러 올라가 끝이 난다. 할머니 말에 따르면 태성이발소 창립자인 고조할아버지는 고종이 "상투는 구식 생활의 관습이고, 미신 행위이니 우리가 선진 국가가 되려면, 제일 먼저 상투부터 자르고 볼 일이다!"라며 단발령을 내렸을 때 체두관이라는 관직을 맡았다. 체두관은 단발령을 따르지 않고 상투를 고수하겠다는 백성들을 찾아 직접 상투를 잘라, 나라의 명이 지엄하다는 것을 보여 주는 사람이었다. 체두관도 나라의 녹을 먹으니 관직이고 출세라고 내 고조할아버지는 집안에서 안팎으로 내돌려지며 탯줄을 자르고, 무명천을 도려내고, 고추 배를 갈랐던 녹슨 가위를 뒤춤에 꽂은 채 동네방네 재고 다녔다. 그러다가 상투를 한 사람이 눈에 띄면 얼른 가위를 꺼내 들고 달려들었다.

상투를 올린 사람이면 상놈이든 양반이든 체두관의 가위를 피할 수 없었지만, 눈만 뜨면 공자 맹자를 읊으며 신체발부는 수지부모라 배운 양반들은 완강하게 저항했다. 양반들 대부분 "손발은 자를지언정 두발을 자를 수는 없다!"며 목숨을 걸고 버티는 바람에 체두관들도 감히 가위를 내놓지 못하였다.

"근데 네 고조할아버지는 달랐다는 겨. 모르면 몰라도 네 증조할아버지나 네 할아버지를 보면 뻔하지. 고집 세기로는 당나귀 뒷발굽 같고, 곧기로는 뱀의 창자 같았을 겨."

나의 의연한 고조할아버지는 체두관으로서 맡은 소임을 다했다. 상투를 찾아 서울 성안을 이 잡듯 돌아다니던 고조할아버지는 어느 양반집에 들어가 그 집 머슴들의 상투를 죄다 자른 뒤, 그 집 장손의 상투에 가위를 들이댔다. 뼈대 있는 집안의 마나님으로 평생을 살아온 노모가 안방 문지방을 붙잡고 "오륜삼강이 끊어졌구나, 내 어찌 살 수 있겠느냐!"며 울부짖었지만, 내 고조할아버지는 눈썹 하나 까딱하지 않고 노모의 아들 상투를 댕강 자르고 말았다. 그리고 대문을 빠져나올 때 곡소리가 뒤통수를 때려도 뒤 한번 돌아보지 않은 채 이런 말을 남겼다고 한다.

"나라의 명인 걸 어쩌겠소. 자를 것은 잘라야지."

자를 것은 잘라야지······.

고등학교 입학식 날, 모든 식순이 끝나고 선생님들이 강당을 빠져나간 뒤 곧바로 마이크를 잡은 학생부장 선생은 대뜸 이렇게 말했다.

"신입생이라고 해서 예외는 없다. 자를 것은 잘라야 교문에 들어설 수 있다. 이미 학교 교칙을 숙지했을 것이다. 지금 바로 두발 검사를 시행한다. 오삼삼을 벗어나는 녀석은 자발적으로 튀어나오도록."

연단에 간신히 머리통만 내밀 만큼 작달막한 학생부장 선생은 마이크를 빼들고 연단 앞쪽으로 나와 섰다.

"어서 나와라."

학생부장 선생의 목소리는 작지만 힘이 있었다.

"오삼삼이 뭐야? 오징어 삼겹살도 아니고."

내 옆에 앉아 입학식 내내 핸드폰 문자판을 눌러 대던 아이가 여전히 핸드폰에서 눈을 떼지 않은 채 물었다. 내가 대답해야 하는 건가?

"오정고의 유명한 오삼삼을 몰라? 오정고하면 오삼삼, 오삼삼하면 오광두!"

내가 대답해야 할지 머뭇거릴 때, 앞에 앉은 아이가 얼른 아는 체했다. 저 틈으로 빛이 새어 들어갈 수 있을까 싶게 작은 눈이었다.

"으이씨."

새우의 말에 핸드폰이 짜증을 내며 얼굴을 찡그렸다. 문자 때문인 건지, 새우의 감질나는 대답 때문인지는 알 수 없었다.

"그래서 오삼삼이 뭐냐고? 또 오광두는 뭐야?"

"얘 정말 아무것도 모르네."

몸을 뒤로 돌린 새우는 핸드폰이 정말 세상 물정 모른다는 것에 동의를 구하듯 나를 빤히 쳐다보았다. 나를 보긴 보는 건가. 나는 모른 체했다.

"우리 학교 두발 비율이잖아. 너 학교 안내 책자 안 봤냐? 한국 남학생들 머리통에 가장 적합한 연비. 오삼삼! 그런데 너 오삼삼이 아니네. 나가 봐라."

새우는 작은 눈으로 핸드폰의 머리를 뚫어지게 보았다. 핸드폰의 머리는 앞머리 5cm, 윗머리 3cm, 뒷머리 3cm인 오삼삼에 맞추려면 한참 쳐내야 했다. 그렇지만 핸드폰은 다른 신입생들과 마찬가지로 학생부장 선생 앞으로 뛰어나가지 않았다. 아이들은 오삼삼의 정체를 묻느라 웅성거렸다.

입학식에 참석했던 2학년들이 썰물에 밀려 나가는 조개들처럼 입을 꾹 다문 채 일사분란하게 강당을 빠져나간 뒤에도 신입생들은 새우깡을 찾는 갈매기들처럼 시끄럽게 끼룩거렸다.

"입 다물어."

학생부장 선생의 목소리는 너무 작아 갈매기들을 압도하기 어려울 것 같았지만, 그 목소리에는 알 수 없는 힘이 있었다. 오싹한 느낌이라고 할까.

"입 다물라고 했다."

학생부장 선생이 더 작은 목소리로 거듭 말했을 때, 갈매기들도, 새우도, 핸드폰도 입을 다물었다.

"오삼삼이 뭔지 알았나? 그럼 1반부터 오삼삼이 넘는 사람 나와!"

학생부장의 눈이 우리 반을 훑었다. 아이들은 힐끔거리며 제 머리와 다른 아이들의 머리를 비교해 보았다. 누가 누가 짧은지. 누가 누가 오삼삼이 아닌지. 머리가 짧은 아이들은 꼿꼿하게 앉아 고개를 번쩍 들었고, 그렇지 않은 아이들은 엉덩이를 쑥 빼고 앉아 그렇잖아도 어설픈 교복 속으로 거북이처럼 목을 집어넣었다.

내 옆에 앉은 핸드폰도 마침내 핸드폰을 주머니에 넣고는 거북이 자세로 들어갔다. 그 때 우리 반 뒤에서 한 아이가 성큼성큼 걸어 나갔다. 그 아이의 뒷머리는 땋아도 될 만큼 길었다.
"울프컷 했네. 오광두 미치겠군."
앞에 앉은 새우는 모르는 게 없었다.
"오광두? 그건 뭐라고?"
내 옆 핸드폰이 새우의 등을 손가락으로 찔렀다. 새우는 턱으로 앞을 가리켰다.
"오정고의 오, 빛날 광, 머리 두. 오정고 학생들 머리를 빛나게 한다는 거지! 저 선생한테 머리 긴 거 걸리면 끝장이야. 너 조심해라."
새우의 친절한 설명에 핸드폰은 정말 인생 종칠까 봐 겁났는지 머리를 푹 숙였다. 나는 고개를 빳빳이 세우고 있어도, 아니 벌떡 일어나 있어도 겁날 게 없었다. 내 머리카락은 오삼삼이 아니라 삼삼삼 완벽하게 균형 잡힌 비율로 깎여 있었다. 그래도 고개를 들지 못했다. 지나친 것은 부족한 것보다 부끄럽다. 이런 상황에서는.
울프컷이 연단 앞으로 나간 뒤 줄줄이 오삼삼을 못 맞춘 아이들이 제 발로 걸어 나갔다. 오광두 앞으로 열댓 명이 나와 섰다. 황가네 만둣집 장남 황정진도 그 곳에 있었다. 정진은 나를 보고는 태연하게 제 배를 툭툭 치며 강당 벽에 매달려 있는 시계로 시선을 옮겼다. 입학식 날부터 늦잠을 자는 바람에 아침을 거른 정진은 무섭게 밀려드는 허기 때문에 오광두 따위는 안중에도 없을 것이다. 오광두는 마이크를 내려놓고 오삼삼을 무시한 아이들을 강당 한구석에 꿇어앉혔다.

그리고 입학식이 끝났다. 오삼삼을 어긴 아이들의 인생도 끝이 나게 되는 건지 궁금해 강당을 빠져나오는 신입생들은 뒤를 힐끔거렸다.

"오정고가 왜 입학식 때 부모님들을 오지 말라고 하는지 알겠지? 입학식 날부터 기선을 제압하자는 거야. 입학식 하자마자 수업한다는 거, 이거 애들 제대로 잡자는 거지. 봐, 입학식 날 벌세우는 학교는 이 학교밖에 없을 거다."

새우는 교실로 가는 내내 내 옆에 따라붙어 입을 쉬지 않았다.

"두발 검사는 이 학교를 다니는 한 계속될 거야. 오삼삼으로 자르지 않으려면 학교를 때려치워야 하는 거지. 너 아냐? 이 학교에 이발소도 있었다는 거. 지금은 문 닫았지만, 예전에는 두발 검사에 걸린 애들은 곧바로 교내 이발소에서 인수했다는 거야. 끔찍하지."

"이발소?"

"그래 아저씨표 이발소. 물론 여자 면도사는 없었지. 만약 가슴 큰 면도사가 있는 이발소라면 아이들이 서로 가려고 했을 텐데 말이야. 두발 검사를 따로 할 필요도 없는 거지. 선생들도 좋을 텐데, 왜 선생들은 그런 상큼한 생각을 못하냔 말이지."

새우는 가슴 큰 면도사랑 팔짱을 끼고 걷는 상상을 하는지 새물거렸지만, 나는 하얀 가운을 입은 할아버지 얼굴이 떠올라 움찔했다. 할아버지라면 선생님들이 나서지 않아도 조용히 오정고 전교생 머리를 접수해 관리할 수 있을 것이다. 이발사로서 '대한민국의 청년들은 단정한 두발로 나라 발전에 이바지해야 한다'는 사명감에 불타는 할아버지는 학교 정문 앞에서 곧바로 가위질을 할지도 모른다.

그런데 오정고에는 굳이 할아버지가 나서지 않더라도 사명감으로 불타는 사람들이 많았다. 입학식 다음 날 등교 시간에 교문 앞에 늘어선 선생들의 희번덕거리는 눈에서 발광하는 빛은 사명감이라고밖에 달리 설명할 수 없었다.

선생 다섯이 학생부장 오광두의 진두지휘로 절도 있게 움직였다. 넷은 둘씩 양쪽으로 갈라선 뒤 '오삼삼을 준수하지 않은 불량 두발'을 정확하게 솎아 냈고, 그 뒤에 서 있는 선생은 솎아 낸 불량 두발을 시멘트 바닥에 꿇어앉혔다.

정진은 교문 앞 살벌한 풍경이 보이자 내 옆에 슬쩍 달라붙었다.

"이건 학교가 아니야, 군대지 군대. 일호야, 내 머리 오삼삼 맞지?"

정진은 떨고 있었다. 안 그래도 겁 많은 정진은 "한 번은 실수일 수 있지만, 두 번은 반항이다. 반항하는 놈은 용서하지 않는다!"는 오광두 협박에 어젯밤 미장원으로 달려가 방학 동안 애지중지 기른 머리털을 깎았다.

"오광두가 그렇게 무섭냐?"

"무서워서 그러냐. 괜히 귀찮게 할까 봐 그러지. 날 봐라. 내가 어디 쉽게 겁먹을 사람으로 보이냐?"

정진은 으스대며 걸었지만, 교문이 가까워지자 커다란 덩치에 걸맞지 않게 어깨를 옹송그렸다. 학교에 들어가지 못하고 교문 옆 긴 담벼락에 바짝 붙어 서성이던 아이들 몇 명이 우리를 힐끔힐끔 보았다. 아이들은 두발 단속을 어떻게든 피하려고 눈치를 보고 있었지만, 그 아이들이 선택할 수 있는 건 없어 보였다. 어쨌든 학교에 들어오려면 오광두와 마주해야 했다.

오광두는 교문 진입로 한가운데 버티고 서 있었다. 작은 체구인데도 반들반들 잘 깎은 긴 막대기에 체중을 싣고 선 모습은 광화문 앞 칼 찬 이순신 동상처럼 위풍당당했다. 오광두는 눈알만 바삐 움직이며 아이들을 골라냈다. 오광두가 놓친 불량 머리는 양옆에 선 다른 선생들이 잡아냈지만, 오광두가 놓치는 일은 거의 없었다. 우리 앞에서 어물어물 걷던 아이도 오광두에게 잡혀 옆쪽으로 밀쳐졌다.

정진도 나도 오광두가 우리 쪽을 보는 것 같자 곧바로 고개를 푹 숙였다. 머리가 오삼삼이든 아니든 오광두 앞에서는 괜히 의기소침해졌다.

"거기!"

그런데 느닷없이 오광두가 우리를 향해 소리쳤다. 겁날 게 없다던 정진은 그 목소리에 불에 덴 것처럼 놀라 지나치게 큰 소리로 대답했다.

"네!"

"아니 너 말고, 그 옆에 녀석!"

오광두가 가리킨 건 나였다. 나는 순간 내 머리를 떠올렸다. 오늘 아침 이발소에 들렀을 때 거울에 비친 내 짧은 머리털. 분명 내 머리털에는 죄가 없었다. 일주일 전 할아버지가 사정없이 깎아 낸 머리털은 이른 봄에 돋아나는 풀싹보다도 짧았다. 그래도 내 목소리는 떨렸다.

"저요?"

"그래, 너! 너 이리 와."

오광두는 긴 막대기로 내 어깨를 툭툭 치면서 무사히 검열을 통과해 안도하고 걷는 아이들 무리에서 빼냈다. 정진은 놀라서 가지도 서지도 못하고 멈칫대며 나를 바라보았다.

"1학년 4반 너는 잘 깎았어. 들어가."

오광두는 어제 두발 단속에 걸린 정진을 기억하고 있었다. 정진은 오광두가 자신을 알아보자 더 바짝 얼어서 "네!" 하더니 잰걸음으로 진입로를 올라갔다. 정진의 커다란 엉덩이가 경박스럽게 실룩거렸다.

"너, 1학년 몇 반이야?"

오광두는 나를 위아래로 훑어보며 물었다.

"1반인데요."

"이름!"

"송일호인데요."

"그래? 너 여기 서 있어 봐."

나는 내 머리털은 전혀 불량스럽지 않은데 왜 그러냐고 묻고 싶었지만, 묻지 못했다. 그저 오광두가 정해 준 자리, 그 자리에 박힌 듯 서 있었다. 등교 시간에 못 맞출까 봐 서둘러 걷는 아이들과 얼굴을 구기고 시멘트 바닥에 앉아 있는 아이들의 눈을 피해 나는 고개를 숙였다.

옆에 있는 오광두한테서 화장품 냄새가 났다. 그러고 보니 오광두의 구두는 정성 들여 닦았는지 윤이 났고, 바지 주름은 잘 간 가윗날처럼 날이 서 있었다. 아침에 오광두는 잘 다려진 바지를 입으며, 얼굴에 화장품을 바르며, 빛나는 구두를 신으며 무슨 생각을 할지 궁금했다.

"나도 아침마다 이런 일을 되풀이하고 싶지 않다. 제발 오늘은 한 놈도 여기에 남는 녀석이 없길 바라지만, 너희들은 번번이 내 바람을 묵살하고 만다. 신입생들은 그렇다 치고 여기 있는 2학년들! 너희는 절대로 용납할 수 없다. 미리 경고했으니 어떤 결과를 가져올지는 알고 있겠지? 2학년들 앞으로 나와."

오광두는 다른 선생님들이 제 임무를 마치고 들어가자 꿇어앉아 있는 스무 명의 불량 머리 중에서 2학년들을 끌어냈다. 지칫대며 나온 2학년 세 명은 미장원 미용사에게 '짧게 깎되 요즘 잘나가는 스타일은 고수해 달라'고 부탁했을 법한 머리 모양을 하고 있었다. 오광두는 세 명의 얼굴을 번갈아 보면서 긴 막대기를 바닥에 내려놓았다. 나는 조마조마했다. 주먹이 나갈까 봐. 그런데 오광두의 손은 양복 주머니로 들어갔다. 그리고 무언가를 꺼내 2학년 앞에 들이댔다. 그것은 전동 바리캉이었다. 2학년 세 명은 익숙한 듯 머리를 적당히 숙였고, 오광두는 재빠르게 바리캉을 움직였다. 고개를 숙인 이들의 머리털은 길바닥에서, 이발사가 아닌 선생의 손에 깎였다. 오광두는 아침마다 잘 다려진 바지와 좋은 냄새의 화장품과 잘 닦인 구두를 신으면서 '오늘은 어떻게 가르칠까'가 아니라 '오늘은 어떻게 밀까'를 고민하는 건가? 이발사도 아닌데 말이다.

"똑바로 숙여!"

오광두는 한 손으로 거칠게 머리통을 잡고 다른 손으로 바리캉을 밀었다. 어설프게 밀려 나간 바리캉은 비뚤비뚤 자국을 남겼다. 그건 이발이 아니라 괴발개발이었다. 하긴 오광두의 바리캉은 이발용이 아니라 위협용이었다. 오광두는 셋의 뒤통수에 꾸불꾸불한 고랑만 만들어 놓고는 바리캉을 껐다. 그것으로 이발은 그만이었다. 뒤통수를 오광두에게 맡긴 세 명의 얼굴은 고통스럽게 일그러져 있었다. 얼굴만 봐서는 오광두가 바리캉으로 머리털이 아니라 두피를 벗기고 후두엽이라도 깎아 낸 것 같았다.

"너희 셋, 이제 뭘 해야 하는지 알지? 한 시간 내로 머리 정리하고, 상담실로 와라."

무서운 이발사 오광두의 말에 2학년 셋은 등에 매달린 가방을 털렁이며 뛰어서 교문을 빠져나갔다. 그들은 이발소에 가야 했지만, 쥐구멍이 있다면 그 곳으로 들어가고 싶을 것이다.
 2학년 셋의 뒤통수에 가해진 폭력을 두 눈 뜨고 지켜보던 1학년들의 낯빛은 하얗게 질려 있었다. 한 아이, 우리 반 울프컷만 빼고. 울프컷은 어제 강당에서 걸린 뒤로도 제 머리를 고수하고 있었다. 울프컷의 모습은 늑대처럼 당당했다. 나는 바람에 슬쩍슬쩍 나부끼는 울프컷의 뒷머리털을 황홀하게 바라보았다. 나는 울프컷의 뒷머리가 대책 없이 깎이지 않도록 지켜 주고 싶었다. 내 머리털도 아닌데.
 "송일호 이리 와!"
 오광두의 목소리에 나는 정신이 번쩍 들어 주춤주춤 오광두 옆에 가 섰다. 오광두는 내 팔꿈치를 낚아채 앞으로 당겨 제 앞에 세웠다.
 "봐라. 바로 이 학생, 송일호처럼 머리를 깎아야 한다. 이 학생은 가장 모범적인 두발 형태를 했다. 눈 크게 뜨고 봐라!"
 오광두의 말에 나는 당혹스러웠다. 땅바닥에 꿇어앉아 나를 올려다보는 아이들의 눈빛은 시멘트 바닥보다도 차가웠다. 특히 울프컷의 위로 치켜뜬 눈은 이렇게 말하고 있었다.
 "벼어엉신, 그래 너 잘났다. 니 똥 칼라다."
 나는 살아 보겠다고 적에게 동지를 팔아먹은 비겁한 배신자가 된 기분이었다. 아예 단두대에 올라가는 게 나을 것 같았다.

하지만 오광두는 내 의사와 상관없이 내 팔꿈치를 꽉 쥐고 나를 180도 돌려 세우기까지 했다.

"뒷머리도 완벽하다. 이게 바로 우리 오정고 학생의 머리다. 알아들었나! 대답해!"

"네."

"그래. 그럼 지금 당장 밖에 뛰어나가 이 머리 형태로 자르고 와라. 이런 기회를 주는 것도 오늘뿐이다. 신입생이라서 봐주는 거니까 한 시간 내로 자르고 상담실로 오도록……. 대답해!"

"네."

"늦으면 용서하지 않는다, 뛰어!"

오광두의 목소리가 떨어지자 1학년들은 벌떡 일어나 교문으로 쏜살같이 달렸다. 울프컷만 주춤거리고 일어나 가방을 한쪽 어깨에 걸치고 천천히 걸음을 뗐다.

"범생이 일호."

울프컷은 내 앞을 지나가면서 씹듯이 이렇게 말했다. 범생이 일호! 그건 나한테 죄수 번호처럼 들렸다. 선생들한테 알랑방귀 뀌어 비위를 상하게 한 비위훼손죄, 미필적 고의에 의한 두발손괴죄로 나는 가슴에 죄수 번호를 단 것이다. 범생이 일호. 이호도 삼호도 아니고 일호.

나는 오광두가 이제 들어가라며 살짝 등을 두들길 때 남의 머리를 함부로 자르던 고조할아버지와 그 뒤를 이어 모두 이발사가 된 할아버지들을 원망했다. 그리고 짧은 내 머리털과 오광두에게 감사하다는 듯 인사를 하는 내 머리통 때문에 절망했다.

나는 머리털로 아이들과 다른 부류의 아이가 되고 싶지 않았다. 범생이 일호라니.

3

나는 세상 돌아가는 이치를 우리 집 안방 다락장지 뒤에서 배웠다. 다락에는 내 아버지가 쓰던 물건들이 더께를 쓴 채 쌓여 있었는데, 그 속에 섞여 있던 잡지나 소설책은 내 지식의 보고였다. '경진문고'라는 글씨가 무늬처럼 박혀 있는 종이로 표지를 싼 소설책에는 아무도 가르쳐 주지 않은 대담한 사랑이 있었고, 손바닥만 한 잡지는 남자와 여자의 몸이 어떻게 다른지 아주 자세하고 풍부하게 알려 줬다. 특히 잡지는 여러모로 유용했다. 동네 골목에 들고 나가기만 하면 과자나 하드가 공짜로 생겼고, 그 잡지 연말 특집호 부록으로 끼여 있는 금발 미녀의 터질 것 같은 가슴 위에서 처음으로 자위를 했다. 나는 밥으로 배를 불리고도 헛헛할 때면 다락에 올라가 일용할 양식으로는 해결할 수 없는 허기를 채우며 아주 잠깐 아버지한테 감사했다. 내 아버지는 몸소 나서지 않으시고도 가르침을 주시나니…….

할머니나 엄마는 내가 다락에서 아직 새 것과 다름없이 깨끗한 『먼 나라 이웃 나라』나 『학생백과사전』을 보는 줄 알았다. 아니, 나는 늘 그 책들을 펴 놓고 있었다. 그러다가 느닷없이 다락장지가 벌컥 열리면 비키니 수영복을 입은 여자가 웃고 있는 잡지 위에 이웃 나라 영국 사람들이 떠들고 있는 책이나, 온갖 참나무가 죄다 등장한 사전을 재빠르게 올려놓고 뚫어져라 보았다. 그리고 가끔 그 책에서 건성으로 본 것을 밥상 앞에서 말하기도 했다.

"엄마, 살리족의 왕은 어린 아이 머리를 부모 동의 없이 깎으면 금화 45냥을 벌금으로 내게 했대요."

내가 그 말을 한 건 아마 어느 일요일 저녁이었을 것이다. 내 말에 할아버지가 숟가락으로 밥을 뜨다 멈칫했다.

"누가?"

"살리족 왕이요."

"애들 머리를 제멋대로 깎을 이발사는 세상 어디에도 없다."

할아버지는 그렇게 말했다. 살리족 왕이 쓸데없는 짓을 하는 거라고. 세상의 모든 머리털은 그냥 땅에 떨어지지 않는다고. 아이의 머리털은 부모의 동의를 얻고, 어른은 스스로 허용해야 이발사가 가위를 든다고 했다.

그렇지만 아이도 어른도 아닌 대한민국 청소년의 머리털은 선생의 동의를 얻어야 했다. 부모들의 묵인 아래 선생들은 학생들 머리털에 관한 전권을 장악했다.

오정고 학생의 머리털은 오광두가 통솔했다. 오광두는 오정고 1,430명의 머리털 길이를 우주의 미래와 지구의 평화를 좌지우지하는 중대한 사안으로 여겨 자칫 심각한 문제가 발생하면 '두발 계엄령'이라도 내릴 태세였다. 나는 오광두가 '오삼삼의 당위성'을 설파하는 데 쓰이는 선전 도구였다. 오정고 학생들은 일본 시마네 현이 독도를 저희 땅인 양 '다케시마의 날'을 정하고, 이라크에서 민간인들이 떼로 죽고, 바티칸 교황청 주인이 베네딕토 16세로 바뀐 그 순간에도 내 머리통만 바라봐야 했다.

오광두는 한 달 내내 조회 시간마다 나를 방송실 카메라 앞에 세웠다. 내 머리털은 보름에 한 번씩 할아버지 손에 말끔하게 정리되었으니, 훌륭하게도 삼삼삼의 머리털을 한 달이 넘도록 완벽하게 보존하고 있었다.

만약 오광두가 학생과 조금이라도 소통하려는 통솔자였다면 카메라 앞에 선 나를 가리키며 이렇게 말했을 것이다.

"자, 보십시오. 1학년 1반 송일호 학생 머리는 놀랍지 않습니까? 먼저 앞머리, 5cm 이내로 깎아 얼굴 라인이 깔끔하게 드러납니다. 시야를 가려 학업에 방해되는 일은 절대 없지요. 또 옆머리는 귀 윗부분부터 말끔하게 밀어 귀 솜털까지 선명하게 보입니다. 개미 소리라도 귓바퀴를 돌아 귀 고막을 울려 뇌에 고스란히 전달될 수 있으니 수업 시간에 아주 유리하겠지요? 그리고 이 뒷머리. 여기가 포인트입니다. 목덜미를 시원하게 치고 올라가 뒤통수에 바짝 붙어 있는 머리털은 아무리 오랫동안 베개에 눌려도 곧 원상복귀가 되니 날마다 머리 감느라 시간을 빼앗길 필요가 없습니다. 이 머리야말로 학업에 열중할 수 있는 최상의 열공 모드라고 할 수 있습니다."

그렇지만 우리나라 역대 통솔자들의 독단적이고 폭력적인 모습을 그대로 전수받은 오광두는 긴 설명 따위는 불필요하다고 믿었다. 그래서 그의 말은 늘 짧았다.

"오정고 학생이라면 누구든 이 두발 형태를 지켜야 한다. 두발 규정을 엄수하는 것은 오정고 학생의 기본자세다. 원칙을 벗어나는 행동은 하지 마라. 명심해라! 두발 검사와 복장 검사는 앞으로도 계속될 것이다."

지구가 멸망하는 그 날에도 오광두는 오정고 학생의 두발을 지킬 것이다. 그리고 나 범생이 일호는 오광두 옆에서 죽겠지.

"일호야, 너 화면 잘 받던데. 실물보다 카메라발이 난 것 같은데, 이참에 연예계 쪽으로 나가는 건 어떻겠냐. 매니저는 걱정마라. 내가 또 말발이 되잖냐. 어때? 괜찮지 않냐?"

점심시간에 화장실에서 만난 정진은 오줌 버캐가 허옇게 엉겨 붙은 변기에 오줌을 갈기면서 되도 않는 말을 해 댔다.

"됐어."

"되긴 뭐가 되냐. 너 우리 학교에서는 스타야, 스타. 남녀공학이면 여자애들이 오빠, 오빠 하며 꽁무니를 따를 텐데. 아쉽다, 아쉬워. 그 덕에 나도 하나 건지고."

"그만 해라."

나는 화장실에 있는 다른 아이들이 행여 들을까 겁났다. 이럴 때는 정말 정진의 입을 틀어막고 재갈이라도 채우고 싶었다. 정진은 내가 반에서 범생이 일호라고 불리며 놀림거리가 되는 줄 몰랐다. 조회 시간이 끝나고 교실에 들어가면 나를 향해 쏟아지는 아이들의 싸늘한 눈빛. 중학교 3학년 때 한 반이던 녀석은 대놓고 비아냥거렸다.

"야, 너 모델비 얼마 받냐? 오광두가 사탕이라도 하나 안 주냐?"

그 녀석 말에 내 둘레에 있는 아이들은 캐드득거렸다. 한때 울프컷이었지만, 이제 아예 반 삭발을 해 버린 문재현은 나하고 눈이라도 마주치면 야멸치게 고개를 돌렸다. 내가 제 머리를 밀게 한 원흉이라도 되듯. 나는 문재현을 비롯해 오삼삼을 증오하는 반 아이들의 곱지 않은 시선을 묵묵히 견디고 있었다. 나는 죄수 번호를 달고 있는 죄인인 양 내 죄를 감내해야 했다.

나한테 끌려 화장실 밖으로 나온 정진은 여전히 입을 다물지 않았다. 정진은 이미 나를 연예계로 보내 일본과 중국을 종횡무진 활약하는 한류 스타로까지 만들었다. 정진의 덧거리질은 가속 페달을 밟고 질주했다. 정진은 범생이 일호를 욘사마의 뒤를 이을 호사마로 둔갑시키고, 13억 중국 사람이 선망하는 휴대폰 광고 모델로 세운 뒤 저는 매니저 노릇 해서 번 돈으로 전 세계에 체인점을 둔 식당 사장이 되었다. 제발 그만! 내가 소리치기 전에 정진을 멈추게 한 브레이크는 울프컷, 아니 문재현이었다.

"좀 비킬래!"

문재현은 화장실 앞을 커다란 등짝으로 가로막고 선 정진을 휙 밀쳤다. 정진은 그 바람에 말을 뚝 끊고 비켜 서야 했다. 문재현은 나를 보자 입을 비틀어 픽 웃고는 천천히 몸을 돌려 실내화를 요란하게 끌면서 교실 쪽으로 걸어갔다. 문재현 뒤꽁무니에 낄낄 웃는 소리가 매달려 가는 것 같았다. 화장실에서 정진의 객쩍은 소리를 들은 게 분명했다. 나는 귀까지 빨갛게 달아올랐다.

"짜식, 되게 폼 잡네. 문재현 너네 반이지?"

정진이 문재현을 뭉뚝한 턱으로 가리켰다.

"너 재 알아?"

"알아. 중학교 때 같은 학원 다녔잖아. 공부는 제법 하는데, 하도 제멋대로라서 학원 선생들이 진저리를 쳤지. 학원에서 테스트 보고 상급반으로 가라고 해도 안 가고 버텼잖아. 빡세게 공부하는 건 자기 체질이 아니니까 그냥 놔두라는 거야. 누군 공부를 체질로 하나? 학원이 한방병원도 아니고. 웃긴 건

그러면서도 학원에는 꼬박꼬박 나왔어. 아마 너네 담임도 저 자식 때문에 골치깨나 썩을 거다. 저 머리 좀 봐. 자르라고 아예 삭발을 하고 왔잖아."

정진은 내 담임을 걱정했지만, 문재현 때문에 괴로운 건 나였다. 나는 맨 뒤에 다리를 쭉 뻗고 앉아 눈을 가늘게 뜨고 아이들 뒤통수를 바라보는 문재현이 자꾸 거슬렸다. 내 뒤통수를 보면서 공부하냐? 범생이 일호! 조냐? 범생이 일호! 밥 먹냐? 범생이 일호! 한류 스타가 된다며? 범생이 일호! 라고 하는 것 같았다. 나는 오광두가 좋아하는 내 뒤통수가 늘 근질거렸다.

그런데 정작 문재현은 교실에서 거의 말을 하지 않았다. 아침 출석을 확인할 때 말고는 입을 떼지 않았다. 쉬는 시간에도 허연 머릿속이 훤하게 드러나도록 밀어 버린 머리를 책상에 박고 엎드려 있거나, 의자에 몸을 기댄 채 창밖만 멀거니 바라보았다. 화장실 갈 때를 빼놓고는 책상과 의자에서 떨어지지 않았고, 아무도 그 아이를 책상과 의자 밖으로 불러내지 않았다. 아직 이름도 얼굴도 낯선 반 아이들은 머슬머슬해서 같은 중학교를 나온 아이들끼리 뭉쳐 어울렸는데, 그 중에 문재현을 알은체하는 아이는 없었다. 문재현은 나 말고 다른 아이들에게는 희미한 존재였다.

그러던 문재현이 이름 석 자를 확실하게 심어 놓는 일이 생겼다.

"저는 못하겠는데요."

"너 지금 뭐라고 했어?"

"야간 자습 못하겠다고요."

담임이 야간 자습 시간표를 나눠 주자 문재현은 시간표를 들고 앞으로 나가 담임 앞에 도로 내놓았다. 우리 또래 아이를 둘이나 키워서 우리들 속은 부처님 손바닥 들여다보듯 훤하다는 담임의 눈꺼풀이 파르르 떨렸다.

"문재현, 왜 야간 자습을 못해?"

"야간 자습은 선택 사항 아닌가요?"

"선택 사항? 누가 그래?"

"자습이 알아서 하라는 말인 걸로 아는데요."

문재현의 태연한 대답에 담임의 떨림은 눈꺼풀에서 관자놀이로 다시 어깻죽지를 타고 손가락 끝까지 퍼져 나갔다. 담임은 책상 위에 올려져 있던 두 손을 책상 아래로 내렸다. 어쩌면 밑으로 숨어든 두 손은 체크무늬 치마를 사정없이 움켜쥐고 있을지 모를 일이다. 담임은 앞에 선 문재현을 매섭게 쏘아보고는 재빠르게 교실을 훑었다. 야간 자습을 학교 밖에 나가도 딱히 할 일이 없거나, 집에 가느니 학교에 있는 게 낫다고 여기는 학생들에게 시간을 때워 주는 것쯤으로 아는 어처구니없는 학생이 또 있는지 확인하려는 것 같았다. 다행히 문재현의 말에 동조하거나 동요하는 학생이 없어 보이자 담임은 짧게 한숨을 내쉬며 안도했다. 9년 동안 학교에서 길들여진 아이들은 의뭉스럽고 가살지다. 어른들한테는 특히 선생들한테는 섣부르게 속내를 드러내지 않는다. 싫어도 좋은 척, 좋아도 마지못해 하는 척, 아이들은 야자 때문에 열대 과일 야자는 거들떠보기조차 싫다고 해도 내색할 리 없다. 반 아이들 중 몇몇은 정규 수업만으로는 성에 차지 않아 미련이 남는 마당에 야자를 해 주니 얼마나 감사한 일이냐는 표정을 지었다.

"우리 학교에서 야간 자습은 필수야. 나눠 준 가정통신문에 적힌 대로 수학 영어 우열반을 나눠 수업하니까 그렇게 알아. 문재현, 알았어? 들어가."

"선생님, 다시 한 번 말씀드리지만 야간 자습을 하기 힘듭니다."

"얘가 정말."

"저는 야간 자습에서 빼 주세요. 가정통신문에 신청서가 있는 건 신청하지 않아도 된다는 건데, 저는 신청하지 않겠습니다."

"문재현!"

담임은 새된 목소리로 이름을 부르고 벌떡 일어났다. 스무 다섯 해 동안 교단에 있었다는 담임은 긴 세월 쌓인 피로가 한꺼번에 몰려들기라도 하듯 책상 아래 감췄던 손으로 자기 뒷목을 주물렀다. 입학식 날 공부는 스타트가 중요하니 열심히 해 보자며 야무지게 말하던 담임은 벌써 지쳐 나가떨어질 판이었다.

"문재현, 교무실로 따라와! 다른 사람들은 내일까지 가정통신문 도장 받아 오고, 반장은 청소 끝나면 뒷마무리하고 나한테 와!"

담임은 스무 다섯 해나 학생들에게 시달려 느적거리는 몸을 힘겹게 끌고 교실을 빠져나갔다. 담임의 뒤를 따르는 문재현의 발걸음은 늘쩡거렸지만, 힘이 있었다. 피도 눈물도 없이 닦달하는 학원 선생들도 찍어 누른 문재현 전력을 볼 때 담임과의 한판 승부는 쉽게 끝날 게 뻔했다. 그렇지만 문재현은 승자가 되어서도 혹독한 대가를 치러야 할 것이다. 이기고도 질 수밖에 없는 게임. 어른들과의 게임은 그렇다. 이겼다 싶어 득의만면할 때 어른들은 손을 들어 주는 척하면서 슬쩍 패를 뒤집어 놓는다. 어른이 된다는 것은 속임수를 능수능란하게 부리는 야바위꾼이 되는 것인지 모른다.

담임과 문재현이 빠져나간 교실은 순식간에 야바위꾼한테 속고 한탄과 후회만 남은 시장 뒷골목으로 변했다.

뭐야, 야간 자습을 몇 시까지 한다는 거야…… 에이 씨, 좆같이. 우열반 같은 소리하네…… 다 도장 받을 거면 신청서를 열쳤다고 주냐…… 문재현 쟤는 정말 야자 빠지는 거야? 그럼 나도 빠질란다. 근데 쟤 강심장 아니냐? 1학년 때 찍히면 3년 동안 고생할 텐데…… 쟤 이름이 뭐라는 거야? 문제? 뭐? 문제가 아니라 지읒에 아, 이, 문재현!

아이들은 문재현 이름을 되새기다가 문득 잊은 일이 있는 듯 허둥지둥 가방을 챙겨 교실을 뛰쳐나갔다. 아이들은 문재현의 뜻에 절실하게 동감하면서도 외면한 방임죄를 지은 걸 스스로 깨달은 것이다. 범생이 이호, 삼호, 사호……. 아이들도 이제 문재현의 눈길에 뒤통수가 근질거릴 것이다. 나야, 문재현과는 이미 반대편에 서 있으니 예외로 쳐야 하나.

확실히 오정고의 표준 두발, 범생이 일호인 나는 문재현과 다른 부류였다. 나는 오광두 덕분에 선생들 사이에서 모범생으로 각인되었고, 끝내 야간 자율학습 신청서를 내지 않은 문재현은 담임 때문에 선생들한테 불량 학생으로 불렸다. 경륜을 자랑하던 담임은 학교의 규율에 턱없이 저항하는 제자로 인해 자신이 겪은 심적 고통을 동료들과 나눈 모양이었다.

"문재현이 누구야?"

국어 선생도, 수학 선생도, 영어 선생도, 하물며 체육 선생까지도 우리 교실에 들어오면 문재현의 존재를 확인하고는 쓴웃음을 지었다. 문재현의 거침없는 행동은 3층 1학년 교무실에서 아래층 2학년 교무실로, 체육실로 확대재생산되고 있었다. 새로 선발되었다는 2학년 선도부들도 문재현을 찾아 얼굴을 익히고 돌아갔다.

선생들은 껄끄러운 목소리로 문재현을 불러 댈 때와 달리 내 이름은 늘 부드러운 목소리로 불렀다.

"아. 네가 송일호구나."

선생들은 다정하게 나와 눈을 맞췄고, 엉뚱한 칭찬을 해 댔다. 수학 선생은 내 칠판 글씨가 김정희 뺨친다고 추켜세우더니, 국어 선생은 책 읽는 목소리가 아주 맑아 좋다고 하질 않나, 영어 선생은 의자에 앉아 있는 태도가 바르다고 등을 두드렸다. 체육 선생까지 나를 감싸고돌았다.

"송일호! 운동화 아주 깨끗하다. 좋아, 아주 좋아. 자세가 됐어. 스포츠 정신은 철두철미한 자기 관리에서 비롯되는 것이다. 나태한 사람은 결코 경쟁에서 이길 수 없다. 사람들은 스포츠 정신은 무한한 도전이라고 하지만, 그 말은 다 헛말이다. 도전해서 진다면 말짱 도루묵이다. 스포츠는 이기기 위해 하는 것이다. 남을 꺾고 이기지 않으려면 도전의 의미가 없다. 승자와 패자의 결과는 엄연히 다르다. 세상은 일등만 기억한다. 동메달, 은메달 수십 개면 뭐 하나. 일등! 금메달을 목에 걸어야 한다."

운동화로 시작된 체육 선생의 일등지향론이 강당을 쩌렁쩌렁 울릴 때 아이들은 머리털부터 발끝까지 철저하게 모범생 상표를 단 나를 핼금거리며 코웃음을 쳤다. 모범생이면 금메달이야? 아이들의 눈빛은 그렇게 묻고 있었다. 나는 괜한 내 운동화를 팔아 멋대로 얘기하는 체육 선생과 체육 선생의 되지도 않는 말을 귀담아듣는 아이들에게 슬그머니 화가 났다.

"나는 금메달, 일등 따위는 관심 없으니 너희들이나 실컷 해라."

그렇게 말하고 싶은 걸 꾹 참는데 토악질이 나올 것처럼 속이 울렁거렸다. 자신의 과분한 욕심에 짓눌려 절여지다 못해 삭아 버린 시금털털한 선생의 입 냄새와 선생들에게 연신 쇠 메질을 당한 아이들이 뿜어내는 비릿한 쇳내로 후터분한 강당 공기가 나를 짓눌렀다. 나는 당장 강당 밖으로 뛰쳐나가고 싶었다. 내 심장은 농구공이 강당 바닥을 치고 튀어 오를 때마다 요란하게 쿵쿵 소리를 냈다. 내가 뛰어나가지 않으면 심장이 튕겨 나올 것만 같았다.

그래도 나는 얌전히 강당 마룻바닥에 엉덩이를 단단히 붙이고 앉아 시합하는 아이들을 눈으로 좇고 있었다.

엄마는 내가 초등학교에 들어가 세상을 알기 시작할 무렵 잠자리에서 내 손을 꼭 쥐고 이렇게 말하고는 했다.

"아무도 너를 얕잡아 보게 해선 안 돼. 싫은 건 싫다고 해. 네가 하기 싫은 건 절대로 하지 마. 아주 단단한 사람이 되어야 해."

"엄마, 공부도 하기 싫으면 하지 마?"

"공부? 그래. 그것도 하기 싫으면 하지 마. 세상에 끌려 다니면 안 돼!"

엄마는 그 말을 할 때면 서랍장 위에 얹혀 있는 아빠 사진을 힐끔 보고 입을 앙다물었다. 나는 그 때 엄마가 아빠와 하기 싫은 결혼을 해서 그런가 보다 생각했다. 그래서 아빠도 집을 나가 버린 거라고. 그러니 엄마 말대로 나는 아주 단단해져야겠다고. 그렇지만, 나는 물컹했다. 풍선으로 치자면 바람이 빠져

튀지도, 날아오르지도 못하고 땅바닥에 철퍼덕 퍼져 있는 물컹거리는 풍선. 내 몸 한구석에 비워 둔 아버지의 자리로 바람이 새어 나간 것인지도 모른다. 그러니까 열일곱 살이 되도록 군소리 한번 못하고 할아버지에게 머리를 깎이고, 오광두에게 이리저리 끌려 다니지.

어디 그뿐인가. 강당을 나오다 뛰어가는 아이들에게 밀려 휘청거리다가 문재현에게 발을 밟혔는데, 나는 도리어 이렇게 말했다.

"미안해!"

뭐가 미안하단 말인가? 깨끗한 운동화 겨루기 대회에 나가면 금메달을 타고도 남을 운동화에 씻을 수 없는 오점을 남겼는데 말이다. 이럴 때 단단한 아이라면 이렇게 말해야 했다.

"너, 뭐야?"

아니, 대개의 아이들은 이렇게 혼잣말이라도 한다.

"씨발! 재수없게."

그래야 했다. 그런데 나는 문재현에게 사과를 한 것으로도 모자라 겸연쩍은 표정을 지어 보이기까지 했다. 문재현이 내 가슴팍에 달아 준 죄수 번호를 상기하면서.

문재현은 내 얼굴과 더럽혀진 운동화를 힐끗 보더니 태연하게 몸을 돌려 가 버렸다. 문재현의 건방진 등짝은 이렇게 말하는 것 같았다.

"잘못한 기 알았으면 됐어."

나는 내 운동화에 선명하게 새겨진 문재현의 운동화 바닥을 보았다. 기분이 정말 바닥이었다. 나는 혼자 중얼거렸다.
"송일호 자알 한다."
그 순간 나는 세상의 물컹한 모든 것을 혐오하기로 했다. 그리고 결심했다. 단단해지기로.
그렇다고 내가 이런 일을 벌일 줄은 몰랐다. 나는 왜 이렇게 힘 조절이 안 되는 걸까. 나는 너무 물컹하거나 너무 단단하다.

4

 오광두의 두발 단속은 나름대로 규칙을 가지고 이뤄졌다. 교문 앞에서 하는 두발 단속은 한 달에 다섯 번 아무런 예고 없이 불시에 치러졌고, 한 달에 한 번은 오광두가 선도부 두세 명을 앞장세워 교실로 들이닥쳤다. 오정고 학생들의 머리털은 계속 자랐고, 오광두도 부지런히 움직였다. 오삼삼으로 깎은 머리라도 한 주만 지나면 본래 제 머리 형태를 상실하기 마련이라서 자칫 방심하면 오광두 앞에 제물로 바쳐지기 쉬웠다. 오광두는 오삼삼 규정을 넘긴 아이는 곧바로 상담실로 격리시켜 반성문을 쓰게 하고, 이발소로 보냈다. 간혹 오광두가 평소 들고 다니는 기다란 막대기로 때렸다는 소문이 들렸지만, 그건 확인되지 않았다. 2학년 한 선배는 만약 오광두가 때렸다면 그건 머리털은 길면서 예절은 짧기 때문이라고 했다. 오광두는 머리털은 짧고 예절은 길기를 바란다나. 예의 바르기를 주장하는 사람이 멋대로 바리캉으로 머리를 밀어도 되는 건가 싶었지만, 예의에 대한 원칙도 다른 법이니까. 할아버지는 머리가 단정하지 못한 것을 예의 없다고 여기고, 할머니는 떡을 담아 나눠 준 접시를 빈 채로 그냥 돌려주는 걸 예의 없다고 한다.

그런데 오광두의 예의 심의 기준은 이발 기준보다 더 엄격해 보였다. 오광두는 우리 교실에 왔을 때 머리를 지적당한 아이들 중 누군가가 "에이 씨." 하는 걸 설핏 듣고는 붉으락푸르락하는 얼굴로 이런 말을 남겼다.

"나는 비폭력주의자다. 내 신념이 흔들리지 않도록 해라."

오광두의 신념이 흔들리면 어떤 사태를 가져올지는 아무도 몰랐기에, 아이들은 오광두보다 가끔 오광두를 대신해 두발 검사를 하는 1학년 체육 선생을 더 무서워했다. 일등지상주의자인 체육 선생의 신념은 '맞을 놈은 맞아야 한다!'는 거였다. 체육 선생은 입 냄새가 고약했지만, 손버릇은 더 고약했다. 때와 장소를 가리지 않고 주먹을 휘둘렀고 그것으로 만족스럽지 않으면 발이 나갔다. 태권도, 유도, 쿵푸 유단자라고 으스대는 그의 발차기는 아이들이 겁을 집어먹을 만큼 현란했다. 아이들은 툭하면 미쳐 날뛰는 체육 선생을 '매드 독'이라고 불렀는데, 곧 '매독'으로 축약되었다. 보건의료 분야에서 매독이 무서운 질병이듯, 오정고의 매독은 옛날 호환 마마보다 훨씬 무서운 상처를 남겼다.

 운동장에서 우리 반이 옆 반과 농구 시합을 한 날, 매독은 체육복을 입지 않은 옆 반 아이의 뒤통수를 또 후려갈겼다.

 "이 새끼, 정신 상태가 틀려먹었어. 체육 시간에 체육복을 안 입는다는 건 전쟁터에 나갈 때 총을 빼놓는다는 거야. 너 이딴 정신으로 사회에 나가 살아남을 수 있을 것 같아? 너 수업 끝나고 남아!"

 매독의 고함에 나는 심장이 빠르게 뛰었다. 내가 맞은 것도 아닌데, 내 뒤통수가 얼얼한 것처럼 느껴졌다. 그 때 그것으로 끝났다면, 좋았을 것을.

 농구 경기가 끝나고 아이들이 교실로 수돗가로 흩어지자 매독은 운동장 구석에 있는 체육실 앞에서 그 아이를 불러 뺨을 철썩 쳤다. 어찌나 세게 때렸는지, 농구공을 갖다 두려고 체육실 안에 들어가 있던 나한테까지 들렸다. 나는 매 맞는 아이 앞에 나서기가 망설여져 체육실 안에서 얼쩡거렸다.

 "가! 이 새끼야. 너 다음에 또 한 번 걸리면 그 때는 각오해!"

 나는 매독의 말에 이제 끝났구나 싶어 체육실 밖으로 나왔는데, 웬걸 매독이 저만치 가는 그 아이를 다시 불러 세웠다. 매독은 담배를 꺼내 막 입에 물던 참이었는지 한 손에는 담배를 다른 손에는 라이터를 들고 있었다.

 "빨랑 뛰어와!"

매독의 고함에 나는 체육실 앞에서 주춤거렸고, 걸어가던 아이는 시키는 대로 재빠르게 뛰어왔다.

"너 이 새끼, 지금 보니까 머리 꼬라지가 이게 뭐야. 고개 숙여 봐."

매독은 달려온 아이의 머리통을 잡아당겨 고개를 숙이도록 했다. 아이의 뒤통수를 덮은 제비초리 같은 머리털은 두발 규정을 어긴 것이 분명했다.

"이 새끼, 하나를 보면 열을 알아. 너 이 머리가 뭐야? 너 내가 이 머리 정리해 줘?"

매독은 느닷없이 라이터를 들어 아이의 머리에 갖다 댔다. 그리고 정말 불이라도 붙일 양으로 라이터돌을 틱틱 그어 댔다. 나는 다리가 후들거려 한 발짝도 움직일 수 없었다. 그 순간 놀란 육체를 지탱해 준 것은 귀가 닳도록 들어 온 할아버지 말씀이었다.

"머리칼은 네 자신을 나타내는 징표다. 머리칼을 함부로 다루는 것은 네 자신을 망가뜨리는 것과 같다."

머릿속에서 섬광처럼 지나간 그 말은 눈앞에 펼쳐진 현실을 명징하게 보도록 했다.

'이건 말도 안 돼!'

나는 속엣말을 입으로 내뱉을 사이도 없이 매독에게 달려들어 그의 손에서 라이터를 빼앗아 운동장 바닥에 힘껏 내팽개쳤다. 라이터가 작은 공처럼 모래땅에 튕겨 솟구쳤다가 뚝 떨어졌다. 알 수 없었다. 어디서 그런 힘이 나왔는지.

"너!"

매독은 놀라 고개를 숙이고 있던 아이를 밀치면서 뒤로 물러섰고, 밀쳐진 아이는 땅에 풀썩 주저앉았다. 지구가 태양을 돌다 끼이익 멈춰 선 것 같았다. 빈틈없이 내리덮은 햇빛으로 희무스름하게 바랜 운동장은 소리도, 움직임도 삼켜 버린 거대한 진공관처럼 느껴졌다. 나는 라이터를 내던지느라 뻗은 팔을 채 거두지도 않고 운동장 끄트머리에서 스물스물 땅 위로 기어 올라오는 아지랑이를 보았다.

"너는 뭐야, 새끼야!"

매독의 목소리가 귀를 때려도 나는 옴짝달싹하지 않고 아른아른 피어오르는 아지랑이를 바라보았다. 매독이 거칠게 내 몸을 돌려 세워 뺨을 갈긴 뒤에야 나는 아지랑이에서 눈을 떼고 매독을 보았다. 매독의 얼굴은 불에 덴 듯 시뻘겋게 달아올라 있었다. 나는 그의 눈을 뚫어지게 바라보았다.

"너, 뭐야? 이게 건방지게 어디 끼어들어! 너 눈 못 깔아!"

매독이 다시 팔을 휘둘러 나를 때리려고 할 때, 나는 그의 손목을 꽉 붙들어 막았다. 두 손으로 온 힘을 다해 그의 손목을 움켜쥐었다. 내 손톱이 그의 손목에 깊숙이 박히는 것 같았지만, 아랑곳하지 않았다. 매독은 눈까지 시뻘겋게 되어 잡히지 않은 손으로 내 뒤통수를 강타했다.

"이 상놈의 자식, 이거 못 놔! 놔, 이 새끼야."

매독이 악을 쓰며 밀어뜨리고 닥치는 대로 발로 걸어차도 나는 내 손아귀에 있는 손목을 놓지 않았다. 나는 미친개를 물어뜯는 단단히 미친 개였다. 엄마 나, 단단해진 것 맞나요? 나는 손목이 빠져나가려고 버둥거릴수록 더 다부지게 파고들었다. 매독은 발길질을 하다 잠시 숨을 고르더니 나를 손목에 매단 채 잡아끌면서 온갖 욕을 퍼부었다.

"이 개새끼!"

정말 나는 개처럼 질질 끌려갔다. 체육복 윗옷이 말려 올라가면서 맨살이 거친 모래에 쓸려 쓰라렸다. 고통만큼 반발심이 일면서 뭔가 이대로 끝장을 보고 싶었다. 나는 죽을힘을 다해 매독의 손목에 매달렸다.

나를 매독으로부터 떼어 놓은 건 문재현이었다. 그 아인 모래땅에 쓸려 다니는 내 몸을 덮쳐 가슴팍으로 누르며 내 팔을 잡아당겼다.

"그만 놔. 됐어! 그만 해!"

그 아이의 서늘한 목소리에 갑자기 손아귀 힘이 쭉 빠졌다. 매독은 그 틈을 놓치지 않고 내 손을 뿌리쳤고, 동시에 나와 문재현은 땅바닥에 나뒹굴었다. 얼마 뒤 눈을 떠 보니 검은 그림자들이 나와 몸을 일으키고 앉아 흙먼지를 툭툭 털어내고 있는 문재현을 빙 둘러싸고 있었다. 검은 그림자들이 좁혀 오자 문재현이 얼굴을 쳐들고 낮게 내뱉었다.

"뭘 봐. 꺼져."

그 말에 그림자들은 웅성거리며 흩어져 사라졌다. 운동장은 다시 고요해졌다. 나는 눈을 질끈 감았다. 눈꺼풀 위로 햇빛이 아롱거렸다. 그제야 빛 너머에서 무엇이 나를 기다리고 있을지 두려웠다.

"괜찮냐?"

문재현의 목소리가 낮게 깔려 모래가 서걱거리는 귀를 파고들었다. 나는 잠자코 있었다. 뭔가 생각해 내야 했지만, 아무것도 떠오르지 않았다.

"괜찮으면 일어나라."

문재현이 바닥에 쭉 뻗어 있는 내 다리를 발로 툭툭 쳤다. 눈을 뜨자 문재현이 팔을 쭉 뻗어 내게 손을 내밀고 서 있었다. 나는 서슴없이 그 손을 잡고 일어섰다. 손이 따뜻했다. 그 따스한 기운에 내 온몸에 퍼져 있던 뜨거운 울분이 도리어 사그라졌다. 조금 전 격투의 흔적은 내 발바닥에 뒹구는 라이터뿐이었다. 라이터를 주워 허리를 펴는데 꼬리뼈가 욱신욱신 쑤시고, 옆구리가 쓰라렸다.

"라이터 갖고 있어 봐야 좋을 거 없어."

문재현은 내가 집어든 라이터를 재빠르게 빼앗아 운동장 끄트머리로 집어던졌다. 라이터가 포물선을 그리며 멀리 날아가 소리 없이 사라졌다. 나는 문재현이 하는 대로 물끄러미 보다 힘없이 물었다.

"매독은?"

"체육실에 있겠지. 손목 잡고 울고 있으려나."
"많이 다쳤니?"
"아파서 울겠냐? 쪽팔려서 울지."
문재현의 맥없는 말투에 그만 피식 웃고 말았다.
"웃을 일은 아닐 거야!"
"알아."
"알면 됐어. 가서 점심이나 먹자. 먹어야 버티지. 가자, 범생이 일호! 아, 오늘 보니 범생이는 아니더라."

문재현은 천천히 발을 떼면서 앞장섰다. 나는 범생이가 아니라는 말에 쓴웃음을 지으며 그 아이 뒤를 따라갔다. 운동장을 가로지르면서 오래 전 묻어 두었던 기억이 떠올랐다.

그 날도 햇살이 따가운 늦봄이었다. 내가 다니던 초등학교는 늦봄에 운동회를 크게 벌였기 때문에 봄날 내내 운동회 준비로 부산했다. 아이들은 하루걸러 샛노란 윗옷에 진보라 바지 체육복을 입고 학교에 나와야 했다. 1학년은 그 옷을 입고 꼭두각시 춤을 추고, 2학년은 훌라후프를 하나씩 들고 리듬체조를 했다. 나는 다행히 3학년이라서 어색하고 창피한 율동 대신 콩 주머니로 복바구니 터뜨리기를 했는데, 그건 연습할 때마다 무척 재미있었다. 나는 운동회 연습이 없는 날도 콩 주머니를 갖고 다니면서 틈날 때마다 공중으로 높이 던지며 놀았다.

그 날도 내 바지 주머니에는 문방구에서 산 콩 주머니가 들어 있었다. 나는 화장실에 다녀오면서 주머니에 손을 넣어 콩 주머니를 주물럭거리다가 아이들 몇몇이 수군거리면서 2층 복도 창문에 매달려 있는 걸 보고는 얼른 달려가 보았다. 아이들이 모여 있는 곳에는 재미나거나 신기한 일이 있기 마련이니까. 그런데 창 아래에서 벌어지는 일은 재미나지도, 신나지도 않았다. 훌라후프를 허리에 두른 채 양손으로 붙잡고 서 있는 남자아이가 남자 선생한테 뒤통수를 마구 맞고 있었다. 왜 맞는지 알 수 없었지만, 아이는 등판이 밥상보다도 훨씬 큰 선생한테 맞기에는 너무 작고 가냘파 보였다. 나는 불현듯 내 주머니 안에 있는 콩 주머니가 떠올랐고, 그것이 지금 필요하다는 생각이 들었다. 나는 망설임 없이 콩 주머니를 꺼내 창 아래 덩치 큰 선생의 머리통을 향해 던졌다. 운동회 연습에 열중했던 나의 던지기 솜씨는 꽤 정확했다. 콩 주머니는 덩치 큰 선생의 목덜미를 맞고 땅바닥에 픽석 떨어졌다.

"누구야?"

선생의 째지는 소리가 터져 나오자 나도, 창문 앞에 올망졸망 매달려 있던 무리도, 재빠르게 창턱 아래로 주저앉았다. 잠시 숨죽이고 있던 아이들이 키득거리자 나도 웃음이 나왔다. 내 콩 주머니에 맞은 선생은 증거물을 가지고 곧장 2층으로 뛰어 올라와 유력한 용의자들이 모여 있는 3학년 교실을 죄다 쑤시고 다니며 콩 주머니 임자를 찾았지만, 끝내 찾지 못했다. 그 선생이 들고 다니는 콩 주머니와 똑같은 문방구표 콩 주머니는 3학년 교실마다 교실 뒤편에 놓여 있는 양동이에 가득 차 있었다. 그 콩 주머니 주인을 찾는 것은 목격자의 증언을 통해서만 가능했는데, 아무도 내가 목격자요 하고 나서지 않았다. 나는 그 때 내가 왜 그랬는지 알 수 없었다. 나는 그 때도 선생들에게 품행이 방정한 범생이로 인정받았고, 그 나이에는 그게 싫지 않았던 것 같다. 그런데 왜?

"그런데, 너 왜 그랬어?"

콩 주머니 사건이 있은 후 7년이 지나 나는 그 질문에 답해야 했다. 매독과 운동장에서 벌어진 싸움의 진위를 가장 먼저 추궁한 건 담임이었다. 담임은 점심시간에 나를 교무실에 불러들였다. 교무실에는 담임과 학년부장이 있었다. 너저분한 턱수염과 꼬질꼬질한 넥타이에 어젯밤 과음의 흔적이 남아 있는 학년부장은 의자에 기대 졸고 있었다. 담임은 책상에서 뭔가를 적고 있다가 내가 책상 앞에 서자 책꽂이에서 두툼한 학생기록부를 꺼내 뒤적였다.

"송일호. 송일호."

담임은 눈앞에 송일호가 서 있는데도, 기록부에 남겨져 있는 송일호를 찾느라 애썼다. 담임은 기록부에 있는 내 성적을 잣대로 내 행동을 평가할 것이다. 선생의 가치 기준은 성적표에 있는 과목의 점수다. 선생은 국어가 100점인 학생은 욕을 입에 달고 살아도 언어 능력이 폭넓다고 말할 것이며, 수학이 100점인 학생이 싸움질을 하면 논리적인데다 본질을 꿰뚫는

통찰력까지 갖춘 탓이라 이해할 것이고, 영어가 100점인 학생이 가출을 하면 이문화에 호기심이 많아 항상 새로운 것을 습득하려 애쓴다고 할 것이다. 학생기록부에서 송일호를 찾은 담임은 손가락 끝으로 내 이력을 짚어 가면서 보다가 한참 만에 고개를 들어 물었다.

"송일호, 너 왜 그랬어?"

나는 대답하지 않았다, 아니 대답할 수 없었다. 나도 내가 왜 그랬는지 생각 중이니까.

"송일호, 너 같은 아이가 왜 그런 어리석은 일을 벌였니? 일단 체육 선생님한테 내가 말은 잘해 놓을 텐데……. 혹시 요즘 스트레스 받는 일 있니? 야간 자습 끝나고 학원에서는 몇 시까지 있니?"

"……."

"말해 봐. 고등학교와 중학교는 또 다르지? 학업 스트레스가 몇 배는 더할 거야. 우리 집 애도 요즘 바늘같이 날카로워져서 툭하면 찔러 댄다니까. 걘 여자애라서 더하겠지만, 남자애들이라고 안 힘들겠어. 똑같지. 그렇지?"

담임은 나를 성적 부담 때문에 쌓인 스트레스로 인해 일시적으로 폭력성을 드러낸 수험생 증후군 환자로 몰고 갔다. 그건 아니었다. 나는 가끔 힘들고 우울했지만, 그건 아주 어려서부터 있던 일이고 나만 그런 것은 아닐 테니까. 이발소에서 하루 종일 가위를 들고 서 있는 할아버지도, 세 끼 밥상을 차리며 틈틈이 동네 사람들 집안일까지 팔을 걷어붙이고 다니는 할머니도, 밤늦도록 강남 아파트 단지를 돌아다니며 집을 사고팔아 주는 엄마도 가끔 힘들고 우울할 것이다. 그리고 그들도 간혹 심사가 뒤틀리면 악다구니를 쓰면서 세상과 싸운다. 할아버지는 '남자 이발 4900원'을 내건 새로 생긴 미장원 입간판을 아무도 안 볼 때 걷어찼고, 할머니는 '그러니까 아들 종자라고 하나 있는 게 집을 나가 연락 두절'이라고 말한 동네 할머니의 화투 패를 빼앗아 얼굴에 뿌리며 머리카락을 죄다 뜯어 놨고, 엄마는 매매계약서를 트집 잡아 계약금을 못 주겠다고 버티며 '수준 차이 나는 사람들하고는 대화가 안 된다'는 강남 아줌마의 옆구리를 들이받았다. 그리고 나는······.

"선생님, 저는요······."

"그래, 순간 아차 싶었지? 스트레스 때문일 거야. 얼른 가서 체육 선생님한테 공손하게 사과드려. 깊이 반성했다고. 알았지?"

"아뇨."

"응?"

담임은 학생기록부를 덮다가 나를 올려다봤다. 나는 담임의 눈을 똑바로 보면서 또박또박 말했다.

"저는 사과드리지 않겠습니다."

"뭐?"

"체육 선생님은 인간의 존엄성을 짓밟았습니다. 학생도 인간입니다. 머리칼이 길다고 라이터를 들이대는 선생님의 비인간적인 행위를 막은 건 잘못한 일이 아닙니다. 제가 반성할 건 없습니다."

이거 학교 문제 시사대담 프로의 학생 측 대표의 말처럼 상투적인가? 하여간 내 생각이 그랬다. 나는 담임 앞에서 내가 왜 체육 선생에게 대들었는지 생각을 정리했다.

"얘가 왜 이래. 송일호!"

"사과를 해야 하는 쪽은 체육 선생님입니다. 아까 그 옆 반 아이한테 체육 선생님이 공식적으로 사과를 하면 저도 생각해 보겠습니다."

나는 말을 끝내자 내 자신이 대견해 머리라도 쓰다듬어 주고 싶은 심정이었다. 더 이상 고분고분한 범생이 일호가 아니라 싫은 것은 싫다, 좋은 것은 좋다 말할 줄 아는 단단한 사람이 된 것을 스스로 확인한 기쁨이 컸다. 나는 가슴을 쭉 편 뒤 담임에게 꾸벅 인사를 하고 교무실을 당당하게 나왔다. 졸다 깬 학년부장은 허리를 곧추세우고 앉아 입 가장자리에 허연 침이 고인 채 쯧쯧 혀를 찼고, 담임은 벌어진 입을 다물지 못한 채 막 덮으려던 학생기록부를 다시 펼치고 있었다. 담임은 학생기록부 어느 구석엔가 '학업 성적은 우수하나, 제 비위에 거슬리면 나이를 막론하고 대들며, 행동이 과격하고 폭력적이니 주의 요망'이라고 적혀 있는 것은 아닌지 확인할 것이다. 아무래도 나는 상관없었다.

수업이 끝나고 학생부장이 선도부를 시켜 나를 상담실로 불러냈을 때도 나는 개의치 않았다. 내 둘레 아이들이 지나친 관심을 보이면서 매독의 개 같은 성품에 나를 가만두지 않을 거라고 저희들끼리 수선을 떠는 소리를 들으면서도 나는 태연했다. 야간 자습을 하지 않는 문재현은 집에 가면서 내 등을 한 번 툭 치고 나갔다. 힘내라는 거겠지. 나는 그런 아이들의 염려를 뒤로 하고 야간 자습 때문에 다른 반에 가려고 챙기던 책을 가방에 우겨넣고 천천히 상담실로 갔다. 해가 설핏한 운동장은 고즈넉했다. 빈 운동장 모래 위를 자금자금 쓸고 다니는 푸근한 봄바람이 매독의 고함과 내 발버둥을 깨끗하게 지워 버렸다.

"이리 와 앉아."

상담실에 들어서자 오광두는 보던 책 너머로 나를 힐끗 넘겨다보고는 손으로 자기 옆 자리를 가리켰다. 나는 책가방을 테이블에 가만히 올려놓고 의자를 빼 앉았다. 오광두는 한참 동안 책에서 눈을 떼지 않았고, 나는 맞은편 게시판에 붙어 있는 신문 기사 복사물의 제목을 눈으로 훑었다.

'수능 언어영역 변별력 떨어져 학부모들 항의.'

'서울 주요 대학 논술시험 비중 높이기로.'

'『공부도 전략이다』 필자가 말하는 우등생이 되는 비결.'

'논술 전문가들이 말하는 논술 정복의 열쇠!'

이 신문 기사는 오광두가 다 찾아 복사해 놓는 걸까? 나는 게시판을 보면서 그런 생각을 했다. 복사물이 자로 잰 듯 일정한 간격으로 붙여진 걸 보면 그럴 것 같기도 했다. 나는 오광두가 눈을 떼지 않는 책의 제목을 훔쳐보았다. 오광두가 읽는 책이라면 '수능 스트레스 잘 다스려야 고득점', '수험생 고민 한 방에 오케이!' 따위일 것 같았는데, 엉뚱하게도 오광두는 한참 입에 오르내리는 일본 작가의 소설책을 보고 있었다. 책의 표지는 앙바틈한 그가 들고 있기에는 참 어울리지 않는 노란색이었다. 혹 아이들한테서 압수한 책은 아닐까 생각하는데, 오광두가 책을 펼친 채 책상 위에 엎어 놓고는 책상 서랍에서 종이 한 장을 꺼내 내 앞으로 밀어 놓았다. 그것은 사유서였다. 반성문은 써 봤지만, 사유서는 처음이었다.

"선생님 이거……."

"언제, 어디서, 무엇을, 어떻게, 왜 했는가 쓰면 된다. 그 정도는 알지? 써라."

그게 다였다. 오광두는 다시 책을 집어들어 읽었고, 나는 체육 시간에 벌어진 일을 육하원칙에 맞춰 써 내려갔다. 그런데 사유서를 다 쓰기 전에 상담실 문을 벌컥 열고 매독이 들어섰다. 매독은 나에게는 눈길 한번 주지 않고 오광두 앞으로 다가갔다. 오광두는 내가 들어왔을 때처럼 책 너머로 체육 선생을 힐끗 보더니 머리를 가볍게 숙이고는 계속 책을 보았다. 그렇게 재밌나. 나는 사유서를 쓰면서도 자꾸 그 소설의 내용이 궁금했다. 매독도 궁금했나 보다.

"오 선생님, 그거 재밌습니까?"

"볼 만합니다."

"아, 그러십니까? 그나저나 미꾸라지 한 마리 때문에 퇴근도 못하시고……."

"저 오늘 야자 시간에 보충수업이 있습니다."

"아, 예."

매독은 멋쩍어하고 있었다. 자신이 들어서면 오광두가 동료로서 선생의 권위에 도전한 학생의 무례함을 먼저 성토해 주길 바랐을 텐데, 오광두는 마치 한가한 오후에 어리숭한 학생 하나 불러 앉혀 잔심부름이라도 시키고 있는 것처럼 구니 섭섭함이 지나쳐 화가 났을 것이다. 매독은 곧바로 내 쪽으로 시위를 돌렸다.

"너 이름이 송일호라고?"

매독은 내 앞쪽 테이블 끄트머리에 엉덩이를 걸치고 앉아 눈을 희번덕거리면서 물었다. 매독은 얼마 전 깨끗한 운동화로 나를 칭찬했던 기억은 완전히 잊은 듯했다. 아니면 잊은 척한 것이든지.

"네."

나는 짧고 단호하게 대답했다. 무엇으로도 매독에게는 밀리고 싶지 않았다. 나는 매독의 오른팔에 선명하게 남아 있는 손톱자국을 보면서 더 이를 악물었다.

"너 새끼, 상담실에 불려 오기 전에 나한테 와서 사과를 했어야지. 왜 일을 크게 만들어."

매독은 내가 쓰고 있는 사유서를 넘겨다보며 말했다.

"너 왜 안 왔어. 엉?"

나는 대답하지 않았다. 내가 쓰고 있는 사유서에 그 까닭을 자세히 적고 있었으니까. 나는 계속 사유서를 써 내려갔다.

"이 자식 봐라. 너 내 말이 말 같지 않아?"

매독의 얼굴이 차츰 벌겋게 달아오르고 있었지만, 나는 무시했다. 매독은 결국 폭발했다. 매독은 아직 끝맺지 못한 사유서를 휙 잡아채 쓱 보더니 다짜고짜 내 뒤통수를 후려쳤다.

"이 새끼가. 그래도 저가 잘했다는 거야."

매독의 주먹질에 오광두가 책을 내려놓았다. 오광두가 책을 읽는 게 못마땅했을 매독으로서는 성공한 셈이다. 매독은 좀 더 자기 힘을 과시하기로 마음먹은 것 같았다. 매독은 내 뒤통수를 몇 차례 더 때리고 내 옆에 있는 가방을 잡아당겨 지퍼를 열어서 뒤집어 흔들어 댔다. 가방에서 참고서 몇 권과 필통과 수첩과 공책이 우두둑 떨어졌다. 그리고 내 특별한 생일 선물 'Timeless Time'이 테이블 위에 툭 떨어졌다. 매독의 얼굴이 환해졌다. 담뱃갑은 자신을 공격한 것이 절대로 정당방위가 아니라는 것을 보여 주는 확실한 증거물이었다. 더군다나 이 증거물만 있다면 폭력에 금지 물품 소지로 가중처벌까지 할 수 있었다. 매독은 담뱃갑을 열어 하나만 남은 것을 보란 듯이 오광두 앞쪽으로 휙 집어던지고 가방으로 내 머리통을 숨 돌릴 틈 없이 내리쳤다.

"이 새끼, 너 내가 그럴 줄 알았어. 하나를 보면 열을 알아. 이 자식, 담배 꼬나물고 선생 팰 궁리했냐? 너가 일진이야 뭐야? 이 새끼가 그러고도 뻔뻔하게 인간의 권리를 운운해. 야 이 새끼야, 학생이 학생다워야 대접을 받는 거야. 이 새끼가 아주 시건방을 떨어요. 너 같은 놈이 젤 나빠. 앞에서는 모범생인 척하고, 뒤에서 호박씨 까는 놈!"

매독은 완벽한 두발로 모범생 1호였던 나를 알고 있었지만, 그건 다 지난 과거일 뿐이다. 모범생이 불량 학생이 되는 건 너무 간단했다. 라이터와 담배만 있으면 된다. 그걸로 충분하다.

매독은 낮에 당한 분풀이를 쉬 멈추지 않았다. 길에서 나눠 줘서 가방에 찔러 놓은 '새 생명 살리기' 배지가 내 뒤통수를 몇 번이나 할퀴고 지나갔다. 나는 매독보다도 계집애처럼 가방에 배지를 달고 다닌다고 놀리던 정진이 야속했다. 보기 흉했으면 떼어 주지……. 담배도 이왕이면 한 갑을 통째로 사 주지…….

"김 선생님, 됐습니다. 그만 하세요."

매독의 분풀이는 오광두가 나서면서 끝이 났다. 매독은 가방을 내려놓으면서 속이 후련한지 깊은 숨을 내쉬었다. 이마에 땀이 송골송골 맺힌 매독의 얼굴은 목욕탕에서 해묵은 때를 밀고 나온 것처럼 말갛게 보이기까지 했다.

"오 선생님도 아시겠지만, 이런 놈들은 사유서 쓰는 걸로는 어림없습니다. 아주 버릇을 고쳐 놔야 합니다. 가방에 담배를 버젓이 넣고 다니는 것 좀 보십시오."

 매독은 화를 풀고 나니 마음에 여유가 생겼는지 한결 점잖게 말했다. 오광두는 테이블에 던져진 담뱃갑을 힐끗 보고는 고개를 끄덕였다.

 "제가 책임질 테니, 퇴근하십시오."

 "뭐 알아서 잘하시겠지요. 여하간 요즘 애들은 큰일입니다. 도대체 세상이 어떻게 되려고 하는지."

 매독은 얼굴을 찌푸리고 내가 세상을 다 말아먹어 버리기라도 한 것처럼 걱정하면서 상담실을 나갔다. 나는 고개를 숙인 채 테이블 위만 뚫어져라 바라보았다. 정말 앞으로 세상이 어떻게 돌아가게 될지 나도 걱정되었다.

 "가방 챙겨. 그리고 내일 아침부터 상담실로 와라. 여덟 시 정각에서 1초도 늦으면 안 된다."

 오광두는 매독이 바닥에 던져 버린 사유서를 주워 책상 위에 올려놓았다. 그리고 주섬주섬 교과서를 챙겨 상담실 문 앞에 섰다가 도로 돌아와 담배 한 개비가 들어 있는 내 담뱃갑을 챙겨 주머니에 넣고는 물었다.

 "도대체 하루에 몇 개비나 피냐?"

 참고서를 들어 가방에 넣던 나는 얼빠진 얼굴로 오광두를 바라봤다.

 "알았다. 가라, 내일 보자."

오광두가 나가고 천장에 매달린 형광등이 끄먹거리다가 환히 켜졌다. 오광두가 불을 켜 놓고 간 모양이었다. 빛 아래 서자 별안간 막다른 골목 앞에 혼자 서 있는 것 같은 막막함에 눈물이 나왔다. 나는 누가 볼까 봐 얼른 손등으로 눈물을 훔쳤다.

5

　나는 아버지를 본 적이 없다. 내 아버지는 내 방 서랍장 위에 있는 조악한 나무 액자 속에 들어앉아 머리 깎는 것 한번 봐 주지 않고, 아빠로 불리다가 아버지가 되었다. 액자에 들어 있는 사진은 고등학교 졸업할 때 찍은 것이라서 아버지가 되기에는 민망하도록 어린 사내 모습이었다. 그래도 할머니는 어려서는 사진을 가리키며 "네 아빠다."라고 일러 주었고, 내가 초등학교를 졸업한 뒤에는 "이제 아버지라고 해야지." 하고 귀띔했다. 아빠든 아버지든 내가 어떻게 불러도 어린 사내는 대답하지 않는데 말이다. 나는 초등학교 1학년 때까지만 해도 내 아버지가 죽었다고 믿었다. 아무도 아버지가 죽었다고 하지 않았지만 나는 속으로 그렇게 믿었다.

초등학교 1학년 때, 누나처럼 젊고 예쁜 담임에게 나는 삐뚤빼뚤한 글씨로 내 비밀을 털어놨다.

우리 아빠는 돌아가셨어요. 할머니하고 엄마는 아빠가 아주 먼 데로 여행 갔다고 하지만, 그건 거짓말이에요. 내가 많이 슬플까 봐 그러는 거예요. 나는 아빠가 없어도 괜찮아요. 아빠는 하늘나라에서 예쁜 선생님을 보내 주셨으니까요.

마음까지 고왔던 담임은 내가 쓴 스승의 날 카드를 받고 눈물까지 글썽이더니, 그 날 오후에 홀몸으로 꿋꿋하게 아들을 키운 장한 어머니에게 전화해 아들을 의젓하게 잘 키우셨다, 아빠가 돌아가신 걸 이제야 알았다고 위로했다. 나의 장한 어머니는 끝내 코까지 훌쩍이는 젊은 여선생에게 이렇게 말했다.

"선생님, 뭔가 잘못 알고 계시네요. 일호 아빠는 멀쩡히 살아 있답니다. 지금 여행 중이지요."

엄마는 담임에게 내 아빠가 얼마나 오랫동안 돌아올 날도 기약하지 않고 여행만 하고 있는지 말하지 않았다. 엄마는 내 아빠를 이미 세상에 없는 셈 치고 산다는 말도 하지 않았다. 엄마는 아마 나와 달리 선생이 곱고 예쁘기 때문에 자신의 비밀을 털어놓고 싶지 않았을 것이다. 남자와 여자는 여자를 판단하는 기준이 다르다.

하여간 선생과 통화한 날 밤, 엄마는 모래가 바다처럼 너울대는 사막과 얼룩소 몇 마리가 멍하니 내 쪽을 바라보고 있는 들판과 흰 배 몇 척이 둥둥 떠 있는 호수가 있는 사진엽서 석

장을 꺼내 놓고 말했다.

"일호야, 아빠는 정말로 살아 계셔. 이것 봐. 아빠가 보낸 엽서도 있잖니. 하늘나라에 계시다면 진짜 엽서를 보낼 수 있겠어?"

엄마가 보여 준 엽서에는 달랑 우리 집 주소만 적혀 있었다. 엽서라면, 안녕? 여기는 사막이야, 혹은 이 곳에는 얼룩말이 쥐보다 더 많단다라든지, 흰 배는 자동차만큼이나 빠르다라는 말 정도는 적혀 있어야 하는데 말이다. 그 엽서는 살아 있다는 모스부호 같은 신호일 뿐이었다.

그 날 나는 아빠가 하늘나라가 아니라 사막에서 벌판에서 바다 위에서 숨 쉬고 있는 것이 화가 나서 혼자 이불을 뒤집어 쓰고 처음으로 욕을 했다.

"씨발, 왜 살아가지고 지랄이야."

나는 사흘 동안 상담실에서 열다섯 장의 반성문을 쓴 뒤 교실로 돌아올 수 있었다. 16절 종이 열다섯 장은 열일곱 해 동안 잘못한 것을 반성하기에도 많은 분량이었지만, 어쨌든 그걸 해내야 했다. 나는 하루는 담뱃갑을 가지고 다닌 것을 반성하고, 그 다음 날은 담배 한 개비를 폈다는 걸 고해성사한 뒤, 마지막 날에는 이성을 잃고 체육 선생에게 대든 것을 뉘우쳤다. 그건 정말 내키지 않았지만, 오광두 말에 마음이 움직였다.

"선생도 사람이야. 간혹 실수할 수도 있지. 그렇다고 너처럼 행동해서는 안 돼. 상대방의 잘못을 깨닫게 하려면 네 행동에 정당성이 있어야 한다. 정당하지 않은 방법으로는 문제를 해결할 수 없어. 며칠 전 네 행동은 분명히 지나쳤다."

오광두 말에는 일리가 있었다. 오광두는 반성문을 다 끝내고 상담실을 빠져나올 때 내 꼭뒤에 대고 말했다.

"다시는 이런 일로 상담실에 오지 마라."

나도 그러고 싶었다. 다시는 반성문 따위는 쓰고 싶지 않았다. 그것은 탄광이나 채석굴에 보내져 노역을 하는 것보다 고된 일이었다.

정진도 내가 반성문 열다섯 장을 채웠다는 말을 듣고 감탄했다.

"너, 아주 소설을 썼구나. 이참에 '매독 대 일호'라는 제목으로 소설 하나 써 봐라. 오정고 학생들한테는 불티날 텐데. 하여간 용사의 귀환을 축하한다. 그런데 내가 준 담배 때문에 고생해서 어쩌냐. 미안하다."

"용사가 그 정도는 감당해야지. 미안할 거 없어."

"캬. 사실 어쩌면 내 담배 때문에 네가 영웅이 된 건지도 몰라. 너 상담실에 잡혀 있는 동안 교실마다 온통 네 얘기뿐이었잖아. 애들이 모이기만 하면, 그 날 네가 매독과 어떻게 한판 붙었는지 얘기하느라 난리였어. 소문으로는 3학년들도 네 활약을 다 안다더라. 너의 용감무쌍한 도전으로 매독 체면이 말이 아니야. 완전 쩔었지. 너 고등학교 들어와서 여러 가지로 이름 날린다."

 사흘 동안 등하교 시간이 달라 통 얼굴을 못 본 정진은 나를 보자마자 또 호들갑을 떨었다. 그런데 정진의 말이 꾸며 낸 얘기만은 아닌 것 같았다. 교실에서 나를 바라보는 아이들 눈빛은 예전과 다르게 좀 부드러워졌고, 몇 명은 이런저런 핑계로 말을 걸어오기도 했다. 복도에서 만난 다른 반 아이들 중 몇 명은 친한 사이였던 것처럼 반갑게 인사를 하기도 했다. 그런 변화가 좀 쑥스럽긴 해도 그다지 나쁘지 않았다. 더군다나 문재현이 나와 눈이 부딪칠 때마다 희미하게 웃어 주는 건 기쁘기까지 했다. 매독에게 맞으며 가슴에 가득 고였던 서러움은 흔적도 없이 사라졌다. 냉랭해진 선생들의 눈길은 조금도 신경 쓰이지 않았다. 나는 이제야 비로소 이발소가 아니라 미장원에서 머리를 깎는 아이들과 같은 부류가 된 것 같았다. 나는 뭔가 뜨거운 것이 내 안에서 서서히 깨어나고 있는 걸 느낄 수 있었다. 엄마는 내가 좀 삐딱해졌다고 했다. 언제는 단단하게 크라더니.

 어느 날 아침 학교 앞까지 차를 태워 준 엄마는, 내가 교문에서 두발 검사를 하는 걸 보고 "저딴 걸 언제까지 하려고 그러는지." 하고 중얼거리자 의외라는 듯 나를 바라보았다.

 "너네 두발 검사는 만날 하던 거잖아. 하루 이틀도 아닌데. 그리고 너는 할아버지 덕분에 두발 검사에 걸릴 염려도 없고."

 "저건 자유롭고 싶은 인간의 본능을 억누르는 거야."

"얘가, 머리 좀 컸다고 자유는 무슨. 대학이나 가서 말해, 자유 따위는. 너희 나이에는 공부할 자유만 있으면 되는 거야. 그런데 송일호, 너 좀 삐딱해졌어."

"삐딱해지면 안 되나?"

내 말에 엄마는 눈을 흘기며 정색을 했다. 내가 매독과 싸워 상담실에서 사흘이나 있었던 걸 모르는 엄마는 차에서 내리는 내 엉덩이를 툭툭 치면서 말했다.

"엄마는 지금처럼 모범생 아들이 좋아. 삐딱해지지 마. 삐딱이는 한 사람으로 족해."

엄마 말에 나는 명치끝이 뜨끔했다. 가족도 자식도 외면한 채 바깥세상을 떠도는 내 아버지는 불쑥불쑥 끼어들어 내 인생을 통제했다. 아버지 때문에 다른 집 아이라면 너그럽게 눈감아 줄 수 있는 사소한 일탈마저 나한테는 허용되지 않았다. 내 발목에는 아비 없이 자란 자식이라는 보이지 않는 족쇄가 채워져 있었다.

엄마는 내가 단단하게 자라 훌륭한 사람이 되기를 바랐다. 나도 엄마의 기대에 어긋나지 않도록 단단하고 훌륭한 인간이 되고 싶었다. 그래서 외면할 수 없었다. 머리칼 길이로 인간을 평가하는 불합리한 잣대를.

여름으로 접어들자 학교는 학생들의 학습 태도가 흐트러질 것을 염려하여 두발 규제를 더 강화했다. 오광두가 바리캉을 들고 교문 앞에 서 있는 날이 늘어났고, 매독은 두발 검사로 수업을 시작해 걸리는 애들한테는 여전히 주먹을 휘둘렀다. 매서운 두발 규제 광풍에 1학년 아이 두 명은 정학 처분까지 받았다. 아이들의 불만이 커지면서 학생회의 때 두발 규제를 폐지해야 한다는 의견이 나왔지만, 학교는 단번에 묵살했다. 오히려 한술 더 떠 교장이 벌점제를 도입할 거라는 소문이 파다했다.

그 소문은 곧 진실로 밝혀졌다.

"야, 혹 떼려다 혹 붙였다. 두발 규제 완화하라고 했더니, 벌점제를 도입하겠다고 맞불을 놓네. 벌점제라니 말이 되냐? 복장이고 두발이고 규칙에 어긋나면 벌점을 준다는 거야. 특히 두발 규제 어기는 건 절대로 용납하지 않을 거야. 교감이 잔뜩 벼르고 있더라. 정말 벌점제를 하면 어쩌냐. 내가 아는 애는 자기네 학교서 벌점을 많이 받아 결국 지방으로 전학 갔잖아. 벌점제는 선생들에게 총기 소지를 허용하는 거야. 선생들 마음에 안 들면 바로 쏴 갈기라는 거야."

반장이라서 전교 회의에 참석했던 정진은 야자 수업을 준비하는 교실로 뛰어 들어와 열을 올렸다. 정진의 말을 들은 주변 아이들은 앞 다퉈 벌점제의 폐단을 말하며 격분했다. 어떤 아이는 벌점제를 하면 전학을 가 버리겠다며 죄 없는 책상 다리를 걷어찼고, 어떤 아이는 학생들도 선생을 평가하는 평가제를 도입해야 한다고 목소리를 높였다. 내 뒤에 앉아 있던 아이는 오늘의 위기 상황은 우리가 자초한 것이라고 했다.

"그러게, 두발 규제 반대를 제대로 했어야 해. 건의가 뭐냐? 다른 학교에서는 수업 거부도 했다잖아. 우리가 무섭다는 걸 보여 줬어야 하는데……. 우릴 물로 보니까 이러는 거야. 다 틀렸지 뭐."

나는 그 아이 말에 공감할 수 없었다. 다 틀리다니? 아직 우리는 아무 행동도 하지 않았으니 틀릴 게 없었다. 체념하기에는 일렀다. 나는 집에 돌아오자마자 인터넷을 뒤져 두발 규제 반대 시위를 한 학교를 찾아냈다. 한두 군데가 아니었다. 우리 학교 아이들이 묵묵히 바리캉에 머리를 맡기며 신체의 자유를 포기할 때, 어느 아이들은 신체의 자유를 부르짖으며 세상에 맞서고 있었다. 바리캉보다 거대한 세상에 말이다. 내가 반성문을 쓰며 내 잘못을 고해성사하고 있는 그 순간에도 이름 모를 아이는 두발 규제의 부당함을 외치고 있었다는 사실에 나는 몸이 부르르 떨렸다.

"정진아, 우리 두발 규제 반대 시위를 하면 어떨까?"

나는 자려고 막 누웠다는 정진을 불러내 동네 어귀에 있는 편의점으로 데려가 삼각 김밥을 사 주며 말했다.

잠이 달린 눈을 비비면서도 김밥을 맛나게 먹던 정진은 내 말에 사레가 들려 한참 캑캑거렸다.

"컥, 시위? 무슨 시위. 화염병이라도 만들자고? 전경들 최루탄 쏘면서 달려오고? 신문에 머리카락의 자유를 달라고 외치던 학생들 구속되다. 대문짝만 하게 나고? 우리는 카메라 앞에서 머리털의 자유가 아니면 죽음을 달라고 하게?"

하여튼 정진이는 다 좋은데 너무 앞서 나가는 게 문제다.

"황정진. 진정하고 들어 봐. 다른 학교에서도 하고 있어. 거창하게 하지 않고 1학년들이라도 다 모여서 두발 규제를 폐지해 달라고 당당하게 말하는 거야."

"너 매독을 결딴내더니 간이 배 밖으로 나왔구나. 너 학교를 몰라? 학교가 호락호락한 데냐? 그랬다가는 우리 뼈도 못 추릴 거다."

"그래도 이렇게 당할 수는 없잖아. 고분고분하니까 벌점제까지 하려는 것 봐. 사실 두발 규제는 헌법에도 어긋나. 헌법에 나와 있잖아. 모든 국민은 신체 자유를 갖는다고. 두발 규제는 일제 시대 때나 하던 거야. 그런 걸 언제까지 강요할 거야. 그깟 머리 스타일 때문에 정학시킨다는 게 말이 되냐?"

"너 갑자기 똑똑해졌다. 한밤중에 어디 가서 뇌를 업그레이드 시키고 온 거야? 밤에는 잠이나 자라. 자. 네 말대로 말이 안 되는 일이지. 그런데 학교가 본래 말이 안 되고, 말도 통하지 않는 곳이잖아. 소용없어. 내 생각에 고분고분 말 잘 들으면 벌점제는 안 할지도 몰라. 그냥 3년 죽은 듯이 살아야지."

죽은 듯이 살겠다는 정진은 삼각 김밥을 두 개나 해치우고, 집으로 걸어오면서 초콜릿 한 개를 입에 다 털어 넣었다. 정진은 제 집 앞에 닿자 태성이발소 앞 빙빙 돌아가는 삼색등을 턱으로 가리키면서 말했다.

"너네 할아버지 아시면 가만 계시겠냐. 한쪽에서는 깎고, 한쪽에서는 깎지 않겠다고 하고. 히잉, 이발소집 손자가 그러면 안 되지. 그냥 잘생긴 우리가 참자. 어쩌겠냐."

나는 정진이 말에 아무 대꾸도 하지 않고 어둔 하늘만 쳐다보았다.

"송일호, 똥고집병 또 재발했구나."

내 속을 빤히 아는 정진은 내 등을 한 대 치고 뒤돌아서며 말했다.

"알았으니 들어가 자라! 내가 주변 애들한테 말은 해 볼게."

그럼 그렇지.

나는 정진이 말이 떨어지자마자 집으로 튀어 들어가 두발규제의 문제점을 정리한 글을 써서 정진에게 메일로 보냈다. 정진은 곧바로 메일을 열어 보고 글을 고쳐 되돌려 보냈다. 이런 말을 달아서.

'제발 잠 좀 자자. 나, 또 배고프단 말야.'

정진의 간곡한 부탁에도 불구하고 나는 엄청난 일이 벌어질지도 모른다는 두려움과 세상에 내 목소리를 처음으로 낸다는 설렘으로 잠이 오지 않았다.

마침내 아침은 왔고, 나는 내 글을 프린트로 뽑아 집을 나섰다. 정진은 버스 안에서 내 글을 다시 읽으며 쓴 입맛을 다셨다.

"뜻 훌륭하고, 글 좋고, 때 적당하고. 삼박자 딱 맞아떨어지는데, 아이들이 선뜻 나서겠냐는 거야. 내 인맥도 100% 기대할 수는 없는 상황이거든."

정진의 우려대로 우리 말에 흔쾌히 "그래, 해 보자!"고 한 아이는 며칠 전 오광두에게 바리캉으로 머리를 밀린 문재현밖에 없었다. 아이들은 대개 "두발 자유 그거 좋지. 그런데 시위는 좀 어려워. 곧 기말고사도 있잖아. 미안하다."는 말로 꽁무니를 뺐다. 두발 규제 반대를 제대로 해야 한다던 아이는 그런 말을 한 기억이 없다고 발뺌까지 했다.

오전 내내 쉬는 시간마다 뛰어다녀 끌어 모은 인원은 문재현을 포함해 겨우 아홉 명. 정진과의 친분 때문에, 또 내 얼굴을 봐서 온 애들이었다. 그 중에는 매독에게 머리를 그을릴 뻔했던 아이도 있었다. 우리는 점심시간에 낡은 책상과 의자를 모아 놓은 창고에 모였다. 그 곳은 몇 년 전까지 교내 이발소였다.

"이발소에서 두발 규제 폐지를 의논한다는 거, 이거 아주 반란이야!"

정진의 말에 아이들은 소리 없는 웃음을 지었다. 나는 얼른 내가 만든 '두발 규제 폐지 요구서'를 나눠 줬다. 아이들은 잔뜩 긴장한 표정으로 종이를 받아 들었다. 아이들 얼굴을 보니 나도 떨렸지만, 내색하지 않느라 저절로 배에 힘이 들어갔다.

나는 아주 천천히 말했다.

"나는 이걸 내일 본관 앞에서 뿌리고, 우리 요구를 외치자는 거야. 우리가 몇 명 되지는 않지만, 우리가 하면 따라나설 아이도 있을 거야."

"뭘 외치는데?"

중학교 동창인 한 녀석이 눈을 동그랗게 뜨고 물었다.

"두발 규제 폐지!"

"우리 겨우 열한 명인데?"

"우리가 앞장서면 따라올 애들도 있을 거야. 아니 처음에는 우리밖에 없겠지만, 두 번 세 번 하다 보면 늘어날 거야."

매독에게 호되게 당했던 아이는 이발소 밖을 힐끔거리며 조용히 물었다.

"그런 다음에는 어떻게 할 거야?"

"선생들이 밖으로 나오면 이 종이를 주고, 내가 왜 두발 규제를 폐지해야 하는지 말할게. 그러고 나서 해산하면 되는 거야."

"그게 그렇게 간단할까?"

뒤에 멀찌감치 서 있던 재현이가 내가 준 종이를 보면서 말하자 정진이 나섰다.

"우리가 뭐 이딴 걸 해 봤어야지. 학교에서 가르쳐 주는 것도 아니고, 텔레비전에서 시위하는 거나 막는 거만 보여 주지 방법을 알려 주데? 간단할지 아닐지 그냥 해 보는 거야. 겁나는 사람은 지금이라도 빠져."

겁쟁이 정진이 잔뜩 폼을 잡으며 말하는 바람에 나는 웃고 말았다. 그래도 겁쟁이 정진의 허세에 아이들은 이런저런 군소리를 삼킨 채 내일 점심시간에 만나자고 약속하면서 흩어졌다. 문재현은 시키지도 않았는데 내일 유인물을 더 인쇄해 오겠다고 했다.

"야, 이거 생각보다 재미있다. 내가 지구를 구하는 비밀 단체 요원이 된 기분이야. 내일 점심시간이 기대된다. 안 그러냐?"

정진은 나와 단둘이 남게 되자 들뜬 마음을 감추지 못했다. 정진은 내일 점심시간에 일이 잘되면 우리 열한 명이 오정고 학생들의 영웅이 될 거라고 했다. 영웅이 되면 열한 명이 유니폼이라도 맞춰 입자고.

그렇지만 우리는 다음 날 점심시간에 만날 수 없었다. 영웅으로 등극하려던 정진의 꿈은 하루도 넘기지 못하고 깨졌다.

내가 쓴 유인물이 어떻게 매독 손에 들어가게 되었는지 알 수 없었다. 다만 매독은 그 종이를 보자마자 놀랍도록 뛰어난 동물적인 감각으로 시위에 참여하려던 아이 하나를 찾아냈고, 그 아이에게 검질기게 달라붙어 정진과 재현을 낚아챘다. 그리고 내가 주동자인 것을 알아냈다.

내가 상담실에 갔을 때 정진과 재현은 상담실 구석에서 엉덩이를 천장으로 쳐든 채 머리를 박고 있었다. 매독은 내가 들어서자마자 한달음에 달려들어 귓등을 후려쳤다. 후끈한 여름 바람이 매독의 손바람에 식어 버린 듯했다.

"이 새끼, 너 뭐야!"

매독의 고함은 상담실 사방 벽에 부딪쳐 산산조각이 난 뒤 날카로운 파편으로 내 몸에 꽂혔다. 익숙한 매독의 주먹질은 그런대로 견딜 만했는데, 나 때문에 곤욕을 치르는 두 아이 때문에 가슴이 아렸다. 아이들의 얼굴과 머리에서 떨어진 땀으로 얼룩덜룩한 바닥이 눈에 들어오자 코끝이 시렸다.
　"송일호, 이게 네가 쓴 거야?"
　한바탕 매질이 끝나고 매독이 나간 뒤 오광두가 유인물을 코앞에 들이밀었다.
　"네."
　"이 녀석, 얌전할 줄 알았더니 아주 사고뭉치구나. 너 왜 이런 짓을 했어, 응?"
　오광두 목소리에는 짜증이 잔뜩 배어 있었다. 오광두는 매독이 유인물을 들고 상담실로 아이들을 끌고 오기 전까지 선풍기 바람을 쐬며 의자에 기대 느긋하게 책을 보고 있었을 것이다. 아침에 교문에서 두발 검사를 성공리에 마쳐 몇 명을 이발소로 보냈으니 자신의 맡은 바 임무를 끝내 홀가분했을 것이다. 그런데 생각지도 않은 불청객들이 들이닥친 것이다.
　"송일호, 이건 보통 일이 아냐. 도대체 네 의도가 뭐야?"
　"거기 적힌 대로입니다. 신체의 자유가 필요하다고……."
　내가 채 말을 끝내기 전에 오광두는 들고 있던 막대기로 테이블을 세게 내리쳤다. 머리를 박고 있던 두 아이가 놀라 어깨를 움찔했다.

"자유, 그래 자유 좋지. 하지만 너희에게 규율이 없는 자유는 결코 날개가 되지 못해. 그 자유는 도리어 너희 날개를 갉아 먹을 수도 있어. 너희는 그걸 몰라. 그리고 송일호, 아이들을 선동한 네 행동은 학생 신분으로는 도저히 용납될 수 없는 거야."

와이셔츠 목둘레가 땀으로 젖은 오광두의 목소리는 가을 나뭇잎처럼 버석거리는 소리를 냈다. 오광두는 엎드려 있던 정진과 재현을 일으켜 세우고 우리 셋 앞으로 사유서를 내놓았다. 얇은 교복 윗옷이 땀으로 흥건하게 젖은 정진은 '이걸 어떻게 쓰라는 거야?'라고 내게 눈짓을 했고, 반질거리는 매끈한 머리통에 시뻘건 자국이 남은 재현은 말없이 앉아 테이블에 놓인 연필을 집어들었다.

"오늘 너희가 한 일을 육하원칙으로 적는다. 그리고 부모님 전화번호 불러 봐. 아버지 번호면 더 좋고."

오광두는 책상 앞에 앉아 전화기를 끌어당겼다. 셋은 전화통과 오광두의 얼굴을 번갈아 보며 마른침을 삼켰다. 부모님에게 연락한다는 건 이 일이 상담실 안에서 반성문 쓰는 것만으로는 끝나지 않는다는 걸 뜻했다. 재현이 자포자기한 심정으로 먼저 전화번호를 대자 정진은 마지못해 만두 가게 번호를 불렀다. 하지만 나는 한참 동안이나 망설였다. 누군가의 머리를 깎고 있을 할아버지가 있는 이발소 전화도, 손님을 끌고 남의 집을 찾아다니고 있을 엄마 휴대폰 번호도 여의치 않았다. 나는 할머니가 이웃집에 화투를 치러 갔길 빌면서 집 전화 번호를 불렀다.

"송일호, 이 번호 집이야?"

"네."

오광두는 내 대답이 떨어지기 무섭게 전화번호를 손끝으로 꾹꾹 눌렀다. 나는 오광두가 한참 전화벨만 듣다가 끊길, 운이 나쁘게 할머니가 받더라도 "글쎄요, 나야 할미고. 애 일이야 애 엄마하고 얘길 하는 게 빠르지요. 퇴근하면 전화가 왔었다고 하지요."라고 하길 빌었다.

그런데 웬걸, 오광두는 잠시 뒤 수화기에 대고 이렇게 말하는 게 아닌가.

"아, 일호 아버님이시군요. 네. 안녕하십니까? 저는 오정고 학생부장 오세윤입니다. 다름이 아니라 아드님 일로 좀 상의를 드리고 싶어서 전화 드렸습니다……. 네, 그렇죠. 네, 그렇습니다. 그래서 내일 학교에 와 주셨으면 합니다. 어떠신가요. 시간이 되십니까. 아, 네 그렇군요. 그럼 내일 아침 아홉 시쯤 뵙는 걸로 하지요. 네, 내일 뵙겠습니다. 네, 아버님. 그럼 전화 끊겠습니다."

오광두가 통화를 하는 동안 정진은 눈을 둥그렇게 뜨고 내게 작은 소리로 물었다.

"아버지라니?"

내 말이. '일호 아버지'는 누구인가? 혹 잠시 집에 들른 할아버지가 전화를 받고, 아버지라고 얼버무리신 건가? 나도 영문을 몰라 고개를 저어 대자, 정진이 제 옆에 앉아 열심히 사유서를 써 내려가고 있는 재현에게 친절하게 부연 설명까지 해 줬다.

"일호 아버지 안 계시거든. 귀신이 곡할 노릇 아니냐."

정진은 상담실을 나와서도 오광두와 전화 통화한 내 아버지 얘기로 열을 올렸다.

"너희 할아버지라면 할아버지라고 하셨을 거야. 안 그러냐? 혹 귀신이 너를 돕는 거 아니냐. 문재현, 너는 모르지. 일호 아버지 여행 중이시거든. 20년째 말야."

나는 내 아버지의 자랑스러울 것 없는 행태를 서슴없이 말하는 정진 때문에 당혹스러워 얼굴이 화끈 달아올랐다. 재현은 그런 나를 보더니 아무렇지 않게 낮은 목소리로 말했다.

"집에 있는 아버지라고 나을 거 없어. 아버지들은 말야, 집에는 껍데기만 남겨 놓고 다 집 밖에서 떠돌거든."

재현이 말에 정진이 제법이라는 듯 어깨를 으쓱해 보였다. 나도 재현에게 피식 웃어 보였다. 집 밖에서 떠도는 아버지들의 아들 셋은 나란히 어두워진 학교를 터덜터덜 빠져나왔다. 후텁지근한 여름 바람이 자꾸 발을 잡아당겨 속도가 나지 않았다.

셋은 저마다 자신에게 닥칠 일을 걱정하고 있었다. 두 아이는 전화를 받고 노여워하고 있을 아버지를. 나는 전화를 받은 의문의 사람을.

  만약 아버지가 집에 돌아왔다면 지금은 가장 안 좋은 때다. 살아 있다는 걸 확인시켜 준 초등학교 1학년 때처럼 말이다.

6

 아버지가 살아 있다는 걸 엽서 몇 장으로 확인한 뒤로 나는 아버지와 상봉하는 감동적인 장면을 상상하곤 했다. 나는 그 순간이 내 인생에서 가장 중요한 장면이 될 거라 확신했고, 그래서 이왕이면 영화의 한 장면처럼 극적으로 맞이하고 싶었다. 나는 영화감독처럼 새로운 장면을 구상하고, 수정하고, 완성된 뒤에는 필름을 거꾸로 돌려 만족스럽지 않은 부분이 없는지 확인했다.
 내 시나리오는 대개 이런 거였다. 4학년 때 그다지 시원찮은 노래 솜씨로 합창부에 뽑혀 서울시 초등학교 합창경연대회에 나간 적이 있었다. 그 때 나는 내 상봉 시나리오의 배경을 서울시 교육청 강당으로 잡았다. 강당을 가득 메운 천여 명의 사람들의 눈과 귀는 무대로 향해 있으며, 유력한 우승 후보 팀인 우리 학교 합창부가 무대에 서면 그야말로 우레와 같은 박수가 터진다. 나를 비롯한 우리 합창단원들이 오랫동안 연습한 보람이 있어 그 어느 팀보다 아름다운 노래를 불러 사람들이 감동에 젖어 환호할 때, 나는 청중 속에서 내 아버지를 보게 된다. 나는 그를 한눈에 알아보았으며, 아버지는 나와 눈이 마주치자 자리에서 벌떡 일어나 한달음에 무대로 올라와 내게 다가오며 말한다. "일호야, 내가 니 애비다." 하지만 우리 합창부가 합창경연대회 예선에서 보기 좋게 떨어지는 바람에 나는 서울시 교육청 강당은커녕 교육청이 어디에 붙어 있는지도 알 수 없게 되어 버렸다. 그러니 당연히 아버지와의 상봉도 무산될 수밖에.

나는 또 다른 시나리오들을 준비했는데, 그 중 하나는 6학년 운동회 날이 배경이었다. 운동회의 하이라이트인 남자 계주. 나는 용케 계주 선수로 나가 마지막 바통을 쥐게 되는데, 내가 속한 청팀은 계속 백팀 선수의 뒤꽁무니만 따라 뛰는 것이다. 목청 높여 응원하던 부모들과 아이들이 보나마나 백팀이 이길 거라고 확신하는 찰나, 내가 바통을 받으면서 상황이 반전된다. 반드시 이기겠다는 맹목적인 일념으로 신발마저 벗어던진 내가 무서운 속도로 질주하자 체념하고 있던 청팀의 함성이 온 운동장을 뒤덮는다. 마침내 나는 결승점을 눈앞에 두고 앞서 가던 백팀 선수를 따라잡아 추월한다. 나는 죽을힘을 다해 달리면서도 결승점 뒤에서 환하게 웃으며 서 있는 남자를 보게 되는데, 그는 다름 아닌 내 아버지. 내가 아버지를 보다 발을 헛디뎌 넘어지자 사람들의 함성은 안타까운 탄식으로 바뀐다. 그런데 넘어진 채 숨이 가빠 헐근거리는 내 앞에 검은 구두가 나타난다. 내가 그 구두의 임자가 아버지라는 것을 직감하고 천천히 고개를 들자, 아버지는 주저앉아 나를 품안에 꼭 안아 준다. "아들아, 내 아들 장하게 잘 컸구나." 이러면서.

그렇지만 이 시나리오는 내가 계주 선수로 뽑혔다가 툭하면 넘어지는 바람에 다른 아이로 갈리면서 아무 소용 없게 되었다. 나는 운동회 날 연신 교문 쪽을 힐금거리다가 할머니와 엄마만 보따리를 들고 나타나는 걸 보고 안도했다. 나는 하드나 쭉쭉 빨면서 계주를 뛰는 아이보다 더 열을 내며 응원하는 아이들 틈에 앉아 있는 모습을 아버지에게 보여 주고 싶지 않았다. 그 뒤로도 나는 숱한 시나리오를 준비해 놓았지만 뜻대로 되지 않았고, 다행히 아버지도 나타나지 않았다. 나는 중학교에 들어간 뒤로 차츰 시나리오 짜는 일을 게을리 하다 결국에는 집어치워 버렸다. 나는 아버지가 돌아올 거라는 걸 믿지 않았다. 초등학교 1학년 때 아버지가 살아 있다는 것을 믿지 못한 것처럼.

그렇지만 할머니는 나와 달랐다.

"일호 애비는 틀림없이 살아 있어야. 그리고 올 섣달 전에는 돌아온다니까 봐라……. 그 만신이 아주 용하더라고. 내가 문을 열고 들어서자마자 대뜸 자식 걱정은 얼마 안 남았어, 이러 잖냐. 그러면서 하는 말이 기다려, 효도 볼 날이 멀지 않았어 하는데, 아이고 효도는 안 받아도 그저 건강하게 오기만 하면……. 아무튼 만신 말로는 일호 애비 팔자가 젊어서는 집에서 떨어져 살아야 액을 피할 수 있었다잖냐. 그냥 집에 붙잡아 뒀으면 벌써 무슨 사단이 나더라도 났을 거라는 겨. 그 말 들으니 사람 다 제 팔자대로 산다고 일호 애비도 제 팔자소관이지 싶더라."

할머니는 아들의 귀향을 만신에게 확인받았다. 아프리카 수단에서 내전이 일어났을 때도, 세계무역센터가 무너져 내렸을 때도, 동남아에서 쓰나미가 일어났을 때도 할머니는 동네 아줌마들에게 귀동냥해 놓았던 용한 만신들에게 달려갔다. 국제 동향을 살펴 미래를 점쳐 줄 리 없는 만신들은 아프리카에서 수만 명이 죽거나 말거나, 세계무역센터 희생자가 3천 명 가까이 되거나 말거나, 동남아가 몽땅 물에 잠긴다 하더라도 똑같은 말을 했다. 아무 걱정 마. 살아 있으니까. 그리고 빨리 돌아오게 부적이나 하나 써.

할머니가 몇 만 원씩 들여 샀다는 부적들은 어떤 것은 엄마 베개에 어떤 것은 내 수첩에 깊숙이 찔러 넣어졌고, 안방 문 위나 대문 위에 쩍 붙여졌다. 할머니는 그 때마다 눈을 가늘게 뜨고 먼 하늘을 보면서 말했다.

"봐라. 이제 늬 애비는 돌아올 테니."

할머니는 번번이 만신들이 집어 준 아들의 귀향 날짜가 어긋나도 또다시 다른 만신을 찾아가 새로운 날짜와 부적을 받아 왔다. 만약 내 아버지가 집에 돌아온다면, 나나 엄마 때문이 아니라 부적 때문일 것이다.

나는 엄마처럼 만신도, 부적도 믿지 않았다.

학교에서 한바탕 난리를 친 밤, 나는 불 꺼진 이발소 문을 열면서 간이 오그라들었다. 다른 날보다 이발소 문을 일찍 닫은 것만으로도 나는 할아버지가 얼마나 노여워하고 있는지 짐작할 수 있었다. 아마도 할아버지는 오광두의 전화를 받은 뒤 도무지 가위를 들 수가 없었을 것이다. 나는 떼어지지 않는 발을 억지로 옮기며 어두운 이발소 안을 가로질러 집으로 들어가는 쪽문 앞에 섰다. 그 때 내 뒤에서 갈라진 할아버지 목소리가 나를 잡아챘다.

"이제 오냐."

흠칫 놀라 뒤를 돌아보니 할아버지가 낡은 긴 의자 한쪽에 다리를 모으고 앉아 있었다. 이발소 창문으로 새어 들어오는 삼색등 불빛 때문에 할아버지의 얼굴이 울긋불긋 물들었는데, 그 모습은 시골에서 막 상경한 노인이 화려한 네온사인 아래 서 있는 것처럼 초라해 보이기까지 했다. 이발소를 활달하게 휘젓고 다니던 모습은 어둠에 덮여 흔적조차 찾을 수 없었다. 할아버지는 나를 불러 놓고도 내가 아니라 수십 년 동안 잘린 머리카락을 받아 낸 단단한 바닥을 보고 있었다. 나는 가만가만 할아버지 앞에 다가갔다. 나는 할아버지가 말을 꺼내기 전에 미리 내 죄를 고하고 사죄드릴 참이었다. 그런데 내가 할아버지 앞에 서자 할아버지는 앙상한 두 손으로 내 오른손을 꼭 잡았다. 할아버지의 손은 마치 물기가 다 빠져나가 버린 바짝 마른 나무 검불 같았다. 더는 빠져나갈 것이 없는, 속이 텅 비어 버린 내 할아버지. 낮에 학교에서 벌인 일들에 대한 회한이 사정없이 밀려들었다.

"할아버지……."

"그래. 들어가 봐라……."

나는 당장 할아버지 앞에 무릎 꿇고 죄송하다고 하고 싶었지만, 할아버지는 손을 빼며 내 허리를 슬쩍 밀었다.

"들어가. 그 녀석, 그 나쁜 녀석이 왔다."

나는 할아버지 말에 어리둥절하였다. 나쁜 녀석이라니. 나쁜 녀석은 바로 할아버지 앞에 서 있는데 말이다. 나는 어물거리다가 어두운 이발소에 할아버지만 남겨 놓고 안채로 들어섰다. 안채는 이발소와 달리 불이 환히 켜 있었다. 부엌에서는 할머니가 바쁘게 몸을 움직이고 있었고, 식탁에는 엄마가 누군가와 마주 앉아 있었다. 나는 현관 앞에 놓여 있는 투박한 운동화를 보면서 마루로 들어섰다.

"다녀왔습니다."

내 목소리에 할머니가 부엌에서 튀어나왔다.

"아이고, 일호야!"

눈이 퉁퉁 부은 할머니는 울음이 배어 있는 목소리로 나를 부르며 와락 껴안았다. 길게 늘어져 실팍하지 않은 할머니의 젖가슴이 내 옆구리에서 출렁 흔들렸다. 곧 단내 나는 할머니 입에서는 가슴 밑바닥에 고여 있었을 것 같은 깊은 울음이 터져 나왔다. 할머니는 어쩔 줄 몰라 버르적거리는 내 등짝을, 엄마가 있는 부엌 쪽을 기웃거리는 내 머리를 쓰다듬으면서 꺼이꺼이 울었다.

"아이고, 우리 일호야, 일호야."

항상 그랬듯이 할머니 울음의 시작은 끝이 보이지 않을 것처럼 길게 늘어지다가 순식간에 오그라들었다. 할머니가 물기가 남은 축축한 두 손으로 내 얼굴을 감싸 자신의 얼굴에 끌어당겨 마구 비벼 댈 때는, 눈물도 슬픔도 없이 탄식만 남은 울림소리를 내고 있었다. 나는 엉덩이를 뒤로 뺀 채 가만히 할머니의 울음이 사그라지길 기다렸다. 그 때 부엌에서 엄마와 낯선 남자가 나와 나란히 서서 할머니와 손자의 몹시 어색한 포옹을 보고 있었다.

엄마는 내 얼굴을 뚫어져라 바라보았고, 턱수염이 덥수룩한 남자는 나와 눈이 마주치자 입 꼬리를 슬쩍 올리며 웃으려다 그만두었다. 할머니는 나를 놓아준 뒤 내 등을 낯선 남자 쪽으로 밀면서 쉰 목소리로 말했다.

"일호야, 니 애비야. 니 애비."

나는 내 귀를 의심했다. 아버지라니. 나는 눈물에 닳아 볼이 벌겋게 된 할머니와 눈 한번 깜박이지 않고 나를 응시하는 엄마의 얼굴을 번갈아 보았다.

"할머니!"

"그랴. 늬 애비라고. 늬 애비가 돌아온 겨."

나는 할머니 말을 들으면서 내 아버지라는 낯선 남자와 마주 섰다. 낯선 남자는 어색하게 내게 손을 내밀었고, 나는 아무런 감정 없이 그 손을 잡았다.

내 아버지는 그렇게 집에 돌아왔다. 내가 오래 전 지어낸 시나리오 중에는 아버지와의 첫 대면에서 악수를 하는 장면 따위는 없었다. 악수라니. 처음 아들을 만난 아버지가 내민 것이 겨우 손바닥이라니.

그 날 밤 나는 내 방을 내 아버지에게 내주고, 엄마 침대 옆 바닥에 요를 깔고 누워, 천장을 기다 날다 하면서 웽웽 수선을 떠는 파리 한 마리를 눈으로 좇으며 물었다.

"엄마, 엄마는 아빠를 알아봤어요?"

"응."

"아빠도 엄마를 알아봐요?"

"응."

"그랬구나. 기분이 어땠어요?"

"글쎄. 덤덤했어. 너는?"

"나는 아빠 손이 내 손만 하구나 생각했어요."

"둘이 많이 닮았어."

"……엄마, 앞으로 어떡할 건데요?"

내 물음에 엄마가 목을 길게 빼서 침대 밑을 내려다보았다.

"뭘?"

"그냥. 그러니까 내 말은, 아빠랑 한방 써야 하는 거 아니냐고."

나는 주름이 자글자글한 엄마의 눈가를 바라보며 말했다. 엄마는 대답 없이 한참 나를 내려다보다가 침대 반대편 끝으로 몸을 획 돌려 누웠다. 그러고는 아무렇지 않게 말했다.

"불 꺼. 엄마 내일 일찍 나가야 해."

나는 조용히 일어나 불을 끄고 도로 누웠다. 방 안을 혼자 휘젓고 다니던 파리가 불이 꺼져 버린 것에 항의라도 하듯 형광등 아래에서 바시식바시식 요란한 소리를 냈다.

나는 파리가 지치기를 하염없이 기다리며 잠을 이루지 못했다. 내 아버지가 아니라 파리 때문에 잠을 잘 수가 없었다.

밤새 잠을 설친 나는 새벽녘에 설핏 잠이 들었다가 방 안까지 밀고 들어온 환한 햇빛에 소스라치게 놀라 벌떡 일어나 앉았다. 엄마는 이미 침대를 비웠고, 마루에서는 할머니가 전화하는 소리가 들렸다.

"그랴. 그렇다니께. 그러게 그 만신이 용하지 뭐냐. 그랴, 이제 내가 뭔 걱정이 있겠냐. 잉. 그려, 잉. 내가 일호 애비 데리고 시골 한번 가야지. 그랴, 외국 물이 좋긴 좋은가 벼. 나갔을 때 그대로여. 아이고, 누가 마흔 살이 넘었다고 하겠어. 잉. 그라, 알았어."

나는 할머니의 말소리에 벌떡 일어나 앉았다. 코맹맹이 소리가 나는 걸 보니 할머니는 벌써 전화기를 붙잡고 한바탕 운 모양이었다. 맞아. 지금 한지붕 아래 내 아버지가 있구나. 나는 서둘러 마루로 뛰어나갔다. 할머니는 수화기를 다시 들다가 나를 보자 부엌을 가리켰다.

"에미는 출근했어. 너도 어여 밥 먹고 학교 가라."

나는 건성으로 고개를 끄덕이며 내 방을 기웃거렸지만, 아무런 기척도 없었다.

"늬 애비 이발소 나가 있어. 어여 준비해."

할머니는 전화기 숫자판을 꾹꾹 누르면서 말했다. 할머니는 하루 종일 전화통을 끌어안고 전국에 흩어져 사는 형제들과 친구들에게 내 아버지의 무사 귀환을 알릴 것이다. 할머니의 전화를 받은 사람 중에는 전화를 끊고 나라를 위해 해외 파병된 군인도 아니었던, 사막에서 한국 산업 역군의 우수성을 만방에 떨친 근로자도 아니었던, 오지에서 인류애적인 사랑을 실천한 국제 자원 봉사자도 아니었던 아들의 귀환을 자랑하는 할머니를 은근히 조롱할지도 모른다. 그들은 이렇게 말할 것이다.

"도대체 20여 년을 뭐 하다 이제야 돌아온 거야? 돈이라도 싸 들고 온 거야?"

내 아버지가 가져온 건 커다란 배낭 하나뿐이었다. 나는 옷을 갈아입고 책가방을 챙기면서 내 방 한구석에 놓여 있는 검은 배낭을 슬쩍 훔쳐보았다. 그 배낭은 내가, 우리 엄마가 함께 하지 못한 그 긴 시간이 들어 있기에는 너무 작았다. 내가 초등학교 들어가는 날 너무 짧게 자른 머리 때문에 이불 속에서 질금거릴 때, 합창 대회에 나가 노래를 부를 때, 운동회 날 하드를 먹으며 교문을 힐끔거릴 때, 처음 몽정을 하고 팬티를 빨면서 두려움에 떨 때, 내 아버지는 저 배낭을 짊어지고 걷거나, 달리거나, 쉬었겠지. 그리고…….

나는 혼자 밥을 먹다 불현듯 오광두의 목소리가 떠올랐다. "일호 아버님이시군요." 설마 내 아버지가 집에 오자마자 오광두의 전화를 받았을까? 만약 그랬다면 나는 17년 만에 만난 아버지를 앞세우고 학교로 가야 하는 건가? 거기에 생각이 미치자 입 안에 있는 밥알이 돌가루처럼 느껴졌다. 나는 오광두가 아무리 몰아세우더라도 혼자 버텨 볼 결심을 하고 얼른 이발소로 나갔다.

그런데 이발소로 들어서던 나는 여전히 낯선 아버지의 모습을 보고 잠시 멈칫하였다. 내 아버지는 할아버지 대신 흰 가운을 입고 문틀 대갈못에 매달아 놓은 가죽에 면도칼을 썩썩 갈고 있었다. 지난밤과 달리 어느새 턱수염을 말끔하게 민 아버지는 그 행동이 너무 자연스럽고 익숙하여 마치 그 동안 태성이발소를 지켜온 이발사가 내 할아버지 송명관이 아니라 송충만이었던 것 같았다. 어젯밤 늦게까지 이발소에서 나오지 않앉던 할아버지는 보이지 않았다. 내 아버지는 나를 보자 갈던 면도칼을 내려놓았다.

"지금 가려고?"

아버지 목소리는 듣기 좋은 저음이었다. 지금 가려고? 나는 입 속으로 아버지 말을 따라해 봤다.

"네."

"그래, 잠깐만 기다려라."

면도칼을 접어 서랍장에 넣은 아버지는 내가 왜 기다리라고 하는지 묻기도 전에 안채로 들어갔다. 잠깐만 기다려라. 나는 소리 내어 아버지 말을 흉내 내 보았다. 내 아버지는 낮은 목소리로 말하는구나. 낮은 목소리를 가진 내 아버지는 잠시 뒤 청바지에 체크무늬 반팔 셔츠를 단정히 입고 나왔다. 일요일 아침에 아이를 데리고 놀이 공원에 가는 젊은 아빠 같았다. 나는 뜨악하게 아버지를 바라보았다.

"어제 네 학교 선생님과 전화 통화했다. 아홉 시에 상담실에서 만나기로 했는데, 함께 가면 되겠지? 가자."

아버지는 마치 놀이 공원에 가면 회전목마를 타고, 범퍼카도 태워 줄 테니 어서 가자고 재촉하는 것처럼 말했다. 나는 망연자실했다. 아버지에게 치부를 들킨 것이 부끄러워 얼굴이 화끈거리고 가슴이 떨렸다. 다른 사람 앞에서 이렇게 가슴이 뛰기는 처음이었다. 내가 처음 좋아했던 동네 누나 앞에서도 내 심장의 박동수가 이리 빠르지 않았다. 나는 괜찮다고, 나서지 않으셔도 된다고, 정 궁색하면 엄마를 모시고 가면 된다고 말하려 했지만 입이 떨어지지 않았다. 나는 막 초등학교에 들어간 아이처럼 양쪽 가방 어깨 끈을 꼭 쥐고 눈만 슴벅거리며 서 있었다. 아버지는 그런 나를 보고 빙시레 웃더니 어깨를 살짝 치며 말했다.

"일호야, 가자."

일호야. 일호야. 나는 아버지 입에서 나온 내 이름을 듣는 순간 머리에 고여 있던 뜨거운 것이 발밑까지 지그르르 흘러내려가는 것 같아 몸을 부르르 떨었다. 아버지가 이발소 문을 드르륵 열자 상쾌한 아침 공기가 밀려왔다. 아버지는 성큼성큼 밖으로 나가 동네를 휙 둘러보았다. 아버지를 뒤따라 나선 나는 건너편 만둣집을 흘깃 보았다. 정진이 아버지가 만두 판을 들고 잰 걸음으로 가게 안을 돌아다니고 있었다. 부지런한 정진이 아버지는 오늘 학교에 불려 가기 때문에 다른 날보다 일찍 만두를 빚었을 것이다. 정진도 곧 제 집 파란 철대문을 요란스럽게 열어젖히고 나오리라. 나는 정진이 나오기 전에 재빨리 동네를 벗어나고 싶었다. 정진이 내 아버지를 보고 어찌 된 일이냐며 자부락거릴 걸 생각하니 마음이 급했다. 그래도 아버지에게 '어서 가자'고는 말할 수 없어 아버지의 면도를 한 푸르스름한 턱을 바라보고만 있었다. 아버지는 서두르는 기색 없이 발걸음을 떼었고, 나는 지칫지칫 그 뒤를 따랐다. 우리가 이발소 앞에서 50미터쯤 떨어졌을 때 할머니가 뒤에서 나를 부르는 소리가 들렸다.

아버지와 내가 동시에 뒤를 돌아보았다. 할머니는 급히 뛰어나오려고 했는지 이발소 문턱에 걸려 슬리퍼가 벗겨졌다. 나는 할머니 쪽으로 두어 걸음 더 다가갔다. 할머니는 슬리퍼를 다시 꿰어 신고는 내 쪽으로 오면서 자기네 안방에서 아침밥을 먹고 있을 동네 사람들이 다 들을 수 있도록 엄청나게 큰 소리로 말했다.

"일호야, 일호 애비야. 둘이 잘 다녀와! 조심해서."

정말 할머니 목소리를 들은 건지 만둣집 문이 스르륵 열렸고, 기름집 열린 문으로 머리통 하나가 비쭉 나왔다. 나는 얼른 고개를 까딱하고 뒤돌아섰다. 아버지는 공손하게 할머니에게 인사를 한 뒤 가던 길을 향했다.

할머니는 뿌듯한 얼굴을 감추지 않았다. 자신의 아들과 손자가 세상 밖에 나가 장한 일을 하고 개선장군이 되어 되돌아올 거라고 믿는 사람처럼. 내가 힐끗힐끗 돌아볼 때마다 할머니는 여전히 그 자리에 선 채 어서 가라고 손짓을 했다. 할머니는 아버지가 왜 학교에 가는지 모르는 것 같았다. 아니 만약 알았다 하더라도 손자 문제 따위는 안중에 없었을 것이다. 할머니는 그저 20년 만에 돌아온 아들이 이제 아들 노릇, 애비 노릇을 하게 되는 것이 하염없이 기쁘기만 할 것이다. 또 애비 없이 자라는 게 안쓰러웠던 손자가 세상 사람들에게 봐라, 나도 아버지가 있다, 보여 주며 자랑스러워할 거라 지레짐작하고 덩달아 가슴이 벅차오를 것이다. 나와 아버지는 할머니의 배웅을 받으며 동네 길을 내려갔다. 아버지는 옛 기억을 들추는 듯 잠깐잠깐 멈춰 서서 골목길을 기웃거리다 남의 담장을 넘겨다보기도 했다.

"그대로네, 그대로야."

아버지는 긴 세월에도 변하지 않은 고향이 반가운 모양이었다. 아버지는 뒤따라가는 내가 들으라는 듯 좀 큰 목소리로 말했다. 여기가 아주 옛날에는 복숭아 과수원이었더란다. 언제부터인가 자드락 땅을 밀고 다복다복 집이 들어서고, 길이 놓이고, 가게가 들어섰다는데, 그 때 아버지는 할아버지를 따라 이 곳에 이사를 왔단다. 동네 골목길은 죄다 흙바닥이어서 맑은 날에 아이들은 흙먼지를 뒤집어쓴 채 놀아야 했고, 비가 오는 날이면 곳곳에 고여 있는 물웅덩이만 골라 다니며 노는 바람에 할머니에게 매도 많이 맞았더란다.

"그 때 그 아이들은 뭘 할까?"

추억을 되새기는 아버지의 목소리는 차분했다. 아버지는 동네 비탈길을 다 내려와서는 우리가 함께 걸어온 길을 다시 한 번 쳐다보았다. 고등학교를 졸업한 뒤 이발소에서 아버지에게 이발 기술을 배우던 이제 막 어른이 된 사내는, 오늘같이 햇빛이 거리를 환하게 비추기 시작하던 여름날 아침 면도날을 갈고 가위를 닦으며 손님 맞을 채비를 하다가, 갑작스레 이발소 문을 열고 거리로 나왔다. 그러고는 한참 서 있다가 휘적휘적

비탈길을 내려와 그 길로 먼 여행을 떠났다고 했다. 그 사내가 20년 만에 돌아와 자기만큼 자란 아들을 데리고 그 길을 걸어 내려온 것이다. 그 사내는 옆에 선 아들에게 조용히 말했다.

"너도 이 길에서 자랐구나."

아버지는 나를 아무런 감정이 담기지 않은 눈으로 바라보았다. 나는 문득 아버지가 나를 어떻게 생각할까 궁금했다. 자기가 뜻하지 않게 세상에 떨어뜨린 씨앗이 자라나 자기가 뿌리 박고 서 있던 자리에 그대로 옮겨져 자신이 없는 세월을 대신 메우면서 살았다는 것을 어떻게 받아들일까. 20년 동안 줄기차게 새로운 것을 찾아보려고 애쓰다가 돌아와 보니 결국 제자리걸음을 한 것이었구나 싶어 실망스러웠을까? 그래서 좀 더 높이 뛰어오를 작정으로 다시 길을 떠날까?

나는 내 아버지와 처음 함께 버스를 기다리면서 이런저런 생각에 머리가 복잡하였다. 하지만 정작 나를 상념에 빠지게 한 아버지의 모습은 수도승처럼 고요하기 그지없었다. 회사에 가는 차를 타려고, 학교에 가는 차를 잡으려고 분주하게 뛰어다니는 사람들 속에서 내 아버지는 세상 밖에 있는 사람처럼 보였다. 재현이 말대로 아버지는 여전히 밖을 떠돌면서 껍데기만 집으로 보낸 것일지도 모른다는 생각이 들었다. 정말 그렇다면 어쩌지? 모든 게 낯선 아버지가 학교에 가서 뭐라고 할 것인가? 나는 불안해졌다.

학교로 가는 버스가 닿았을 때 내가 몸짓으로 저 버스를 타야 한다고 한 뒤 버스 쪽으로 달려가자 뒤따라오던 아버지의 외침에 내 불안감은 더 커졌다.

"일호야, 차비는 회수권으로 내야 하니?"

회수권이라니. 아, 나는 오늘 이 날을 내 인생에서 회수하고 싶었다.

7

 아버지는 학교에 들어서면서부터 자신이 이 학교 학생인 양 조심스럽게 행동했다. 학교 진입로로 차가 올라오자 얼른 길가로 비켜서더니 다소곳하게 손을 모으기까지 했다. 하긴 어른들의 그런 모습은 흔히 볼 수 있었다. 어른들의 육체는 오랜 시간이 지났음에도 불구하고 학교에서 엄격한 규율로 가혹하게 통제받던 과거를 기억하고 있는 게 분명했다. 더군다나 남자 어른들은 자신이 학교 다닐 때처럼 머리를 짧게 깎은 아이들을 보면 숨 막히도록 답답했던 시절이 떠오르는지 당혹스러워하는 빛이 역력했다.
 내 아버지 송충만도 다르지 않았다. 아버지는 본관 현관 입구에 들어설 때 습관적으로 운동화를 벗어 들고 어떻게 해야 할지 몰라 두리번거렸다. 나는 얼른 실내화로 갈아 신은 뒤 아버지의 운동화를 건네받아 현관 안 구석에 있는 외빈용 신발장에 넣고 푸르죽죽한 슬리퍼를 꺼내다 아버지 발밑에 내려놓았다.

"아……."

아버지는 맞아, 이런 게 있었지, 하는 표정으로 슬리퍼를 신은 뒤 조심스럽게 복도에 들어섰다. 등교 시간으로는 좀 일러서 복도에는 아이들 서너 명만이 보였고, 교무실 쪽도 잠잠했다. 아버지는 조용한 복도를 조심조심 자국걸음으로 내 뒤를 바짝 따라왔다. 나는 아버지가 아니라 학교 구경하러 따라온 동생을 뒤에 달고 걷는 기분이었다.

상담실 안은 밤새 고여 있던 퀴퀴한 냄새가 진동했다. 나는 테이블 의자를 빼서 아버지에게 내주고 창문을 활짝 열어젖혔다. 아버지와 단둘이 있는 것이 어색해 괜히 창문 앞에서 바장이며 밖을 내다봤다. 교문으로 들어서는 아이들이 하나 둘 늘어나는가 싶더니 금방 북적이기 시작했고, 아이들 사이로 오광두가 모습을 드러냈다. 나는 되도록 천천히 몸을 움직여 아버지 맞은편에 앉았다.

"일호야, 공부하기는 좀 어떠니?"

아버지는 내가 앉자 기다렸다는 듯이 물었다. 껍데기라도 아버지를 집에 둔 아이들이라면 날마다 들었을 법한 질문에 나는 한참 망설였다. 나는 정진이 아버지인 만둣집 황씨 아저씨를 떠올렸다. 아내를 2년 전에 잃은 아저씨는 하루 종일 만두를 빚으면서도 남매를 그야말로 심혈을 기울여 키웠다. 만둣집을 찾아오는 동네 아주머니들에게 다양한 정보를 얻어 분석한 뒤 두 아이를 가장 좋다는 학원을 골라 보냈고, 뛰어나다고 소문난 과외 선생을 직접 찾아가기도 했다. 황씨 아저씨는 만두뿐만 아니라 사교육에 있어서도 최고의 전문가였다. 엄마는 틈나는 대로 황씨 아저씨를 찾아가 내게 적당한 학원을 소개받고, 강남 아이들이 쉬쉬하며 남모르게 보고 있다는 참고서 이름을 알아 오기도 했다. 엄마는 황씨 아저씨를 '정말 좋은 아버지'라고 입에 침이 마르게 칭찬했다. 그런 황씨 아저씨는 정진이가 학원에서 돌아오면 묻곤 했다. "공부하기는 어떠니?" 그럴 때마다 정진은 제 아버지가 아들을 위해 특별히 만들어 놓은 빅사이즈 만두를 볼이 터지도록 먹으면서 중얼거렸다. "다 똑같지 뭐. 그냥 그래."

나는 정진의 말을 속으로 우물거려 보았다. 하지만 나는 정진이처럼 '그냥 그래'라고 대답할 수 없었다. 아버지는 나를 맑은 눈으로 바라보고 있었다.

"어렵지만, 할 만해요."

"그래. 할머니께서 그러시더구나. 공부를 제법 잘한다고. 무슨 과목을 좋아하니?"

"국어, 사회, 뭐 그런 거요."

"나도 예전에 학교 다닐 때 사회나 역사 과목을 좋아했다.

수학은 잘 못했어. 요즘도 2학년 때 이과, 문과로 나뉘니?"
"네."
"문과에 갈 생각이니?"
"지금으로는요."

아버지와 아들의 대화는 상담실에 걸맞았다. 아버지의 태도는 마치 진로 상담을 하러 온 학생을 대하는 것 같았다. 무거운 공기가 배어 있는 상담실 탓일 것이다. 상담실에서 선생과 학생의 관계가 그렇듯 질문과 대답이 오가고도 서로를 잘 알게 되었다는 느낌이 들지 않았다. 우리 둘 사이에 흐르는 서먹한 공기가 상담실 안을 서성였다. 이럴 바에는 어서 오광두라도 왔으면.

그렇게 생각할 때 상담실 문이 벌컥 열리더니 오광두가 아니라 매독이 들어왔다. 매독은 문에 들어서자마자 맞은편에 서 있는 나를 발견하고는 얼굴을 찌푸렸다.

"너 혼자야? 다른 두 녀석은 왜 안 보여? 이 자식들이 아주 빠져서……."

미처 내 아버지를 보지 못한 매독의 거침없는 말에 내 아버지가 벌떡 일어났다. 그러고는 매독 앞으로 당당히 걸어갔다. 매독은 아버지를 보고는 멈칫대다가 가볍게 머리를 까딱했다. 아버지는 매독과 달리 예의 바르게 고개를 숙이고는 오른손을 내밀었다.

"안녕하십니까, 송충만입니다. 일호 아버지입니다."

내 아버지의 낮은 목소리는 점잖으면서도 힘 있게 들렸다. 매독은 마지못해 하듯 뜸을 들였다가 손을 내밀었다.

"일찍 오셨군요."

"네. 아홉 시에 약속을 했습니다만, 제 아이와 함께 오고 싶어서 이렇게 일찍 왔습니다. 실례인 줄 알면서도 주인 없는 방에서 기다리고 있습니다."

"아, 뭐 실례이기까지는……. 앉아 기다리십시오. 곧 오 선생이 올 겁니다."

매독은 내 아버지의 지나치게 정중한 태도를 떨떠름하게 받아들이며, 괜히 상담실 안을 늘쩡거리다가 나갔다. 아버지는 매독이 나갈 때도 일어나 머리를 가볍게 숙였다. 아버지는 지나치게 예의 바르고 깍듯했다. 도대체 내 아버지는 어디에서 무얼 하며 살아온 걸까? 물어보고 싶었지만, 선뜻 용기가 나지 않았다. 아버지와 아들 사이에서도 용기가 필요하다는 것이 씁쓸했다. 아버지에게 대들었다가 혼이 났다거나 술 마신 아버지를 업어 옮기느라 죽을 뻔했다고 제 아버지를 흉보던 친구들이 처음으로 부러웠다. 정작 아버지가 없을 때는 단념했던 것들이 새삼 고개를 쳐들어 욕망을 드러냈다.

나는 무릎 위에 얌전히 양손을 올려놓고 입을 꾹 다물었다. 욕망이 튀어나오지 않도록.

아버지가 나를 건너다보며 말했다.

"걱정 마라. 잘될 테니까."

아버지는 내가 학교에서 벌인 일 때문에 걱정하는 줄 알았다. 하지만 나는 어젯밤 아버지를 만난 뒤로 학교 일은 안중에도 없었다. 그 일로 정학 처분을 받는다 해도 괜찮았다. 오히려 내가 무엇을 잘못했는지도 묻지 않고 상담실 의자에 예의 바르게 앉아 있는 아버지 모습이 마음에 걸렸다. 아버지는 오광두를 만나면 뭐라고 할 것인가. 나에 대해서는 아무것도 모르는 아버지가 무슨 말을 나눌 수 있을까. 그런데 그건 기우였다.

아버지는 오광두를 만나자 매독에게 한 것처럼 힘 있게 손을 내밀어 악수를 했다. 오광두는 나를 아버지 옆 자리에 앉으라 하고는 내가 만든 유인물을 꺼내 아버지 앞에 내놓았다. 내 아버지와 내가 어젯밤에 처음 만났다는 것을 알 리 없는 오광두는 아무런 부연 설명 없이 바로 본론으로 들어갔다.

"보십시오. 어제 일호가 이걸 만들어서 학생들을 선동하려다 발각되었습니다."

아버지는 유인물을 조심스럽게 앞에 당겨 놓고 눈으로 읽어 내려갔다. 곁눈질로 유인물을 보던 나는 맞춤법이 틀린 글자를 보고는 얼굴이 뜨거워졌다. 아버지는 한참 동안 유인물을 꼼꼼하게 들여다보았다. 한참 만에 고개를 든 아버지는 오광두에게 유인물을 돌려줬다.

"잘 보았습니다. 아이가 아직 미숙하기는 하지만 자신의 생각을 잘 정리했군요."

"네?"

아버지의 뜻밖의 말에 오광두가 놀라 눈을 치켜떴고, 나도 고개를 번쩍 들었다. 이런저런 문제를 일으킨 수많은 아이들과 그 아이들의 부모를 상대해 온 오광두는 강적을 만났다고 여겼는지 크게 숨을 내쉬고는 의자를 좀더 바짝 끌어 앉았다.

"일호 아버님, 이건 아주 중대한 문제입니다. 일호의 행동은 저희 학교 교칙에 어긋날 뿐만 아니라, 학생의 신분으로는 절대 하지 말아야 할 일입니다. 아이들을 선동하려 했다는 것은 용납하기 어려운 일입니다. 일부 선생님들은 불순한 의도가 있는 어른의 사주를 받은 것이 아닌지 의심하고 있습니다."

오광두가 나를 미심쩍은 눈으로 바라보았다. 나는 어처구니없는 말에 고개를 떨구었다. 때때로 선생들의 상상력과 창의력은 소설가를 뛰어넘어서 학생들을 놀라게 하곤 한다.

"불순한 의도라니요? 어른들의 사주라니요? 정말 그렇게 본다는 겁니까? 놀랍군요."

오광두 말에 아버지가 정색을 했다.

"아니, 제 말씀은 아직 멋모르는 아이들이 이런 일을 벌이기에는 무리라고 보는 겁니다. 두발 규제에 반발해 이발을 안 하는 학생들은 있었어도 이렇게 조직적으로 대항하려는 일은 처음입니다. 만약 이 유인물이 미리 발각되지 않아 시위라도 벌어졌다면 걷잡을 수 없게 될 뻔하지 않았습니까?"

"사주를 받았다는 건 선생님 생각이십니까?"

"아니, 제 생각보다도……. 어제 이 일 때문에 교무회의가 있었습니다. 거기서 나온 말이지만, 그걸 차치하더라도 이 일을 명명백백 밝혀야 한다는 것이 선생님들의 생각입니다. 교장, 교감 선생님도 그냥 넘어가서는 안 된다고 보십니다. 아주 난감한 상황이라서……."

"선생님들께서는 아이들이 학교 권위에 도전했다고 보시는 거군요."

"네? 아니 그건……."

오광두가 얼버무리자 아버지는 침착하게 말을 이어갔다.

"저는 지금까지도 두발 규제를 한다는 걸 알고 놀랐습니다. 두발 규제라니요, 학교에서 아이들 머리를 멋대로 밀어 버린다니요. 참 기가 막힙니다. 이런 일은 6, 70년대에 끝냈어야지요. 21세기 아이들에게 전근대적인 규제가 가당하기나 합니까? 이런 환경에서 과연 미래지향적이고, 창의적인 인재를 육성할 수 있겠습니까? 게다가 선생님들께서 바리캉으로 머리를 미는 행위는 반인권적입니다. 국제인권위원회에 제소할 만한 일이지요."

"일호 아버님."

천하의 오광두 목소리가 가늘게 떨렸다. 오광두라고 해도 난데없이 날아든 날카로운 창을 피하기는 어려웠다.

"아버님 그건……."

오광두가 방패도, 맞서 싸울 창도 꺼내지 못하고 허둥대는 사이 아버지는 창을 더 높이 쳐들었다.

"우리나라 학교가 본래 규율을 지나치게 강요하고 아이들은 무조건 복종하도록 만드는데, 이제 바뀔 때가 되지 않았습니까? 아이들의 반대 의견을 권위에 대한 도전으로 받아들여 묵살하고 제재를 가하다 보면 올바른 교육을 해칠 수밖에 없습니다. 안 그렇습니까? 선생님들께서 진작 두발 규제에 대해 학생들의 의견에 귀를 기울였다면 우리 애가 이렇게까지 나서지 않았겠지요. 인간은 누구나 자유를 지향합니다. 열일곱 살이라면 이 정도는 누구의 사주를 받아서가 아니라 스스로 생각하고 행동할 수 있습니다. 저는 우리 애 행동이 크게 문제가 되지 않는다고 봅니다. 설령 시위를 했다 하더라도 말입니다. 도리어 시위는 선생님들께서 학생들의 생각을 들을 수 있는 기회가 되었을 테고, 그 뒤 함께 이 문제를 논의해 개선 방향을 찾아 나갈 수 있었을 겁니다. 안 그렇습니까?"

아버지의 말은 미리 준비한 연설문 같았다. 무장해제된 오광두는 공격을 포기한 채 아버지의 연설을 열중해 듣더니, 연설이 끝나자 박수치는 일만 남은 청중 속 한 사람처럼 아무런 대꾸를 하지 못했다. 아버지의 연설에 감동한 청중은 나뿐인 것 같았다.

나는 아버지의 어려운 말 속에서 '우리 애'라고 하는 부분에 이르러서는 가슴이 뭉클해져 눈시울을 적실 뻔하기까지 했다. 그 순간 기나긴 시간 동안 비워 두었던 아버지의 자리 때문에 남모르게, 때로는 나 자신도 깨닫지 못하면서 겪어야 했던 고통이 치유되는 느낌이었다. 때때로 순간은 시간보다 강하다.

오광두는 한참 만에 입을 뗐다. 그가 한 말은 긴 연설에 대한 답사치고는 너무 짧았다.

"무슨 말씀이신지 알겠습니다. 그러나 학교에서는 이번 일을 그냥 넘기려 하지 않을 겁니다."

오광두는 아버지에게 건넨 유인물을 챙겨 파일에 끼워 넣고 아버지를 쳐다보았다. 아버지는 가만히 고개를 끄덕였다. 그 모습은 사뭇 여유가 있어서 도전자에게 '뻔히 그럴 줄 알고 있으니, 싸울 준비가 되면 연락하라'는 챔피언처럼 보였다. 어쩌면 아버지는 20년 동안 지구를 돌면서 말도 안 되는 일로 세상을 어지럽히는 이들을 혼내 주고, 그들의 무모한 도전에 단 한 번도 거꾸러져 본 적 없이 무패 신화를 일군 파이터였는지 모른다는 생각이 들었다. 황당하게도.

학부모를 불러 잘못한 학생의 죄과를 낱낱이 밝히고, 가정 교육의 중요함을 재인식시키며 학교 제재의 불가피성을 확인시키는 데 한 번도 실패한 적이 없었을 오광두에게 오늘은 치욕의 날로 남을 것이다. 오광두는 대적하기 어려운 파이터를 조용히 보내 주기로 한 것 같았다.

"그럼, 제가 또 다른 부모님과 상담을 해야 해서. 학교에서 결정이 나면 다시 연락 드리겠습니다. 아, 그리고 당분간 이번 사건을 주동한 아이들은 상담실에서 정신 교육을 실시합니다."

오광두는 서둘러 말을 하고는 아버지를 얼른 돌려보낼 심산으로 자리에서 일어났는데, 웬걸, 파이터 송충만은 꼼짝하지 않았다. 파이터는 앉은 채 오광두를 올려다보며 물었다.

"우리 애를 하루 종일 상담실에 두겠다는 말씀이십니까? 그것은 아이의 수업권을 박탈하시겠다는 겁니까?"

내 아버지의 굵은 눈썹이 꿈틀거렸다. 결투는 끝나지 않은 것이다. 오광두는 그대로 선 채 내 아버지가 아니라 엉뚱하게 나를 바라보았다.

'네가 나서서 아버지께 말씀 드려라. 잘못을 하면 상담실에서 반성의 시간을 가져야 한다고 말야.'

오광두의 눈은 그렇게 말하고 있었지만, 나는 오광두의 눈길을 외면했다. 오광두는 침을 한 번 꿀꺽 삼킨 뒤 가라앉은 목소리로 말했다.

"학교 규정이 그렇습니다."

"규정이라고 해서 무조건 강요할 수는 없습니다. 선생님들께 교권이 있으시듯이 학생들에게는 수업권이 있는 것 아닙니까? 저는 용납할 수 없습니다."

너그러웠던 파이터가 화가 났다. 아버지는 자리를 박차고 일어나 강한 어조로 말했다.

"수업을 들을 수 없다면 학교에 있을 필요가 없습니다. 이번 일에 대한 결정이 날 때까지 우리 아이를 학교에 보내지 않겠습니다."

정말 이건 적을 한순간에 쓰러뜨릴 무서운 펀치였다. 오광두는 감당하기 어려운 상황에 현기증이 났는지 몸을 테이블에 기대고 양손으로 테이블 모서리를 붙잡고 섰다.
"아버님, 그건."
"우리 아이 행동에 대해 학교가 정식으로 징계를 내릴 때까지 우리 아이는 제가 관리하겠습니다. 그럼, 이만 가겠습니다. 연락 주십시오. 가자, 일호야."
아버지는 오광두에게 고개를 숙인 뒤 상담실을 성큼성큼 걸어 나갔다. 나는 좀 머뭇거리다가 오광두에게 인사를 하고 아버지 뒤를 쫓아 상담실을 나왔다. 곧 상담실 안에서 둔탁한 소리가 크게 들렸는데, 그건 분명 오광두가 책이나 서류철 따위를 책상 위에 요란하게 내려놓는 소리였다. 오정고 오광두의 명성은 그 소리와 함께 내 안에서는 와르르 무너져 내렸다.
아버지는 상담실에서 나온 뒤 학교에 올 때 수굿했던 것과는 달리 가슴을 쫙 펴고 당당하게 걸었고, 나도 그 뒤를 그런대로 자신감 있게 내딛었다. 나는 한 시간 전 자식을 고달프게 하는 아버지가 있던 아이들을 부러워했던 마음을 말끔하게 거두었다. 아마 그들은 내 아버지의 활약을 들으면 감탄해 마지않다가 결국에는 침을 질질 흘릴 만큼 부러워할 것이다. 그들의 아버지는 내 아버지 입장이 되었을 때 틀림없이 "제가 자식 교육을 잘못 시켰습니다." 하고 머리를 조아린 뒤 상담실에서 벗어난 뒤에는 자기 아들의 뒤통수를 후려치면서 악악댔을 것이다. "하라는 공부는 하지 않고 왜 엉뚱한 짓을 해!" 그렇지만 내 아버지는 그들의 아버지와 달랐다. 아니 특별했다.

아버지는 학교에서 나온 뒤 내 어깨를 툭 치며 말했다.

"우리 뭐라도 먹으러 갈래? 이럴 때는 속을 다시 채워 놔야 하거든. 어때?"

내 아버지는 다른 아버지와 다른 정도가 아니라 전국 고등학생 아버지들 중에서 그 사례를 쉽게 찾을 수 없는 특별한 부류에 속했다. 나는 아버지를 학교에서 몇 정거장 떨어진 햄버거 가게에 데려갔다. 햄버거 가게 주문대 앞에 선 아버지는 장난감을 고르는 아이처럼 들떠 얼굴까지 상기되었다. 아버지는 내 귀에 대고 속삭이듯 말했다.

"뭘 먹어야 할지 모르겠어. 다 맛있을 것 같은데……."

학교에서 본 파이터의 모습은 온데간데없이 사라졌다. 아버지는 다시 형을 따라 세상 구경을 나온 동생처럼 굴었다. 아버지는 내가 햄버거, 감자튀김, 닭날개 튀김, 콜라 따위를 주문하자 얼른 청바지 뒷주머니에서 돈을 꺼냈는데, 부모 몰래 돼지 저금통을 털어 온 돈처럼 아주 작게 접혀 있었다. 주문 받는 아가씨가 우리를 이상하다는 듯 바라보았다. 나는 그 아가씨 앞에서 아버지가 돈을 펴는 시간이 아주 길게 느껴졌다. 창피해 귀까지 빨갛게 되었지만, 내가 그러건 말건 아버지는 주문한 음식을 담은 쟁반을 들고 입을 귀에 걸었다. 나는 예전에 정진이 한 말을 떠올렸다.

"우리 아버지는 말야, 어떨 때는 아주 애야. 자기가 사 놓은 빵을 내가 다 먹었다고 삐치질 않나, 내 동생이 남자 친구한테 선물 받은 걸 질투하면서 심통 부리질 않나. 엄마가 계셨으면 애들처럼 군다고 빽 소리쳤을 텐데 말야. 그럴 때는 대신 내가 형처럼 다독여 줘야 한다니까."

나는 정진이 덩치가 산만 한 제 아버지를 토닥인다는 게 믿기지 않았는데, 내 아버지를 보니 바로 이해가 되었다. 내 아버지가 특별한 건 학부모로서일 뿐, 아버지로서는 아주 평범한 모양이었다.

"맛이 썩 괜찮다. 콜라도 그렇고 말야. 신기하게 콜라도 나라마다 맛이 다른 것 같다. 너도 어서 먹어."

아버지는 입가에 햄버거 빵 부스러기를 묻힌 채 나를 보고 어린아이처럼 환하게 웃었다. 그리고 햄버거를 든 채로 내가 뜯어 놓은 토마토케첩에 얼른 감자를 찍어 먹었다. 나는 그 모습을 보면서 문득 상담실에 남지 않은 것이 걱정되었다. 아버지만 믿고 이 시간에 이렇게 노닥거려도 되는 것인지 말이다.

나는 햄버거를 다 먹고 닭날개를 뜯고 있는 아버지에게 조심스럽게 물었다.

"저, 상담실에서 하신 말씀이요."

"아, 그거. 내가 한국 오면서 신문을 좀 읽었지. 그리고 시사 잡지 몇 권도 보고 말야. 마침 학교 문제를 다룬 기사가 있었는데, 그 덕분에 상황 파악이 빨리 됐어."

나는 아버지 말에 조금 기운이 빠져 입을 다물었다. 내 아버지 송충만은 지구를 돌면서 싸움 따위는 한 적이 없을지도 모른다. 하긴 아버지도 나처럼 송씨 집안의 핏줄을 이어받아 키만 껑충하고 깡말랐다. 아마 아버지 팔뚝의 근육은 굵은 눈썹만큼도 꿈틀거리지 못할 것이다. 더군다나 무기가 시사 주간지 한두 권이라니, 오랜 힘을 발휘하기는 힘들지 않을까 싶었다.

내가 햄버거를 조심조심 씹을 때 아버지는 콜라를 힘껏 빨아 마시고는 큰 소리로 이렇게 말했다.

"네 글을 보고 사실 놀랐다. 네 나이에 나는 절대로 그렇게 하지 못했을 거야. 선생님 무서워서 꿈도 못 꿨겠지. 아무튼 역시 이발사 손자답게 머리에 대해서는 일가견이 있더라."

나는 아버지 말에 푹 웃었다. 나는 내 아버지가 오늘처럼 나를 대신해 싸워 주지는 않더라도 끝까지 나를 믿어 줄 거라는 확신이 들었다. 어차피 내가 시작한 싸움은 내가 끝내는 것이 마땅하다.

나는 아버지가 아니라 동지를 얻은 것이 더 기뻤다.

8

 아버지가 20년 만에 무사 귀환한 뒤 우리 가족의 눈과 귀는 죄다 아버지에게 쏠려 있었다. 그 바람에 내가 학교 징계를 기다리는 동안 학교에 가지 않는 걸 가끔 앓는 신경성장염 때문이라고 둘러댈 수 있었다. 할머니는 하루 종일 아들 곁을 맴돌며 눈물짓다가 웃다가 하면서 과거와 현재의 감정을 한꺼번에 쏟아 내느라 손자가 방 안에 누워 빈둥거리는 걸 알아채지 못했고, 아들과 아직 제대로 눈도 마주치지 않은 할아버지는 다른 때보다 더 일찍 이발소로 나가 더 늦게 안채로 돌아왔기에 손자의 꾀병을 눈치 챌 틈이 없었다. 할아버지는 밥상도 따로 차리게 해 세 끼를 안방에서 혼자 해결했다. 그것은 말없이 떠나 한 달 만에 고작 "걱정하지 마세요. 잘 있습니다."라는 편지

한 줄 써서 보낸 아들을 20년 동안 원망하고, 기다리고, 괘씸해하느라 속을 태워 이제 불을 붙인다 해도 타들어갈 것이 없는 시커먼 분노를 표출하는 방식이었다.

할머니와 할아버지에 비하면 엄마는 아주 이성적인 태도를 보였다. 엄마는 자신이 처음으로 마음을 빼앗겨 17년이나 기다린 남자를 공인중개사 사무실을 찾아온 손님처럼 대했다. 엄마는 집 안에서 아버지와 부딪칠 때마다 살짝 고개까지 숙이며 예의를 갖췄고, 한자리에 앉아 있을 때도 손님을 대접하듯 했다. 엄마와 아버지의 대화는 집을 사고팔려는 사람들의 이야기만큼이나 건조하고 사무적이었다.

"저는 서울에 올라와 새마을금고에 다니다가 공인중개사 시험을 봐서, 강남에 작은 사무실을 냈어요."

"사무실은 운영이 잘되나요?"

"그런대로 유지할 만해요."

"언니 네 분이 있었던 걸로 기억하는데, 다들 잘 계십니까?"

"언니 넷에 오빠 하나지요. 예전처럼 다 목포에 사세요. 겨울방학 때마다 일호 데리고 다녀와요."

"그렇군요."

내 아버지와 엄마는 대개 이런 식으로 대화를 나눴다. 마음을 나누고 단 하룻밤이었다지만, 그래도 한 이불을 덮고 함께 아이를 세상에 만들어 낸 남녀의 대화로는 참으로 어색한 것이었다. 엄마는 아버지가 내 침대를 차지한 것을 알면서도 나를 도로 내 방으로 돌려보내고, 바로 일상으로 돌아가 아침 일찍 사무실에 나갔다가 늦게 들어왔다. 그리고 어느 날은 공인중개사 시험 동기들과 술을 마시고 밤 열두 시를 훌쩍 넘겨 오기도 했는데, 그 날 저녁 아버지는 웬일인지 저녁 먹은 게 안 좋다며 자꾸 화장실을 들락거리다가 아무래도 소화가 안 돼서 동네 한 바퀴 돌고 오겠다고 나가더니 엄마를 뒤따라 들어왔다. 아버지는 다음 날 아침밥을 먹으며 동네 새벽 공기가 좋더라고 묻지도 않은 말을 늘어놓았는데, 그 말에 할머니가 끓여 놓은 북엇국을 떠먹던 엄마의 볼이 잘 익은 열무김치 국물처럼 살짝 붉어졌다. 엄마는 겉으로는 동요하는 것 같아 보이지 않았지만, 속으로는 17년 동안 똬리를 틀고 있던 감정들이 고개를 들고 서로 먼저 비집고 나오느라 얽히고 설켜 있는지도 모를 일이었다. 틈이 날 때마다 내 학습 상태를 관리 감독하던 엄마는 자신의 임무를 게을리 했고, 내가 아프다고 학교에 가지 않아도 약 먹고 집에서 푹 쉬라는 말로 간단하게 수용했다.

사실 나는 내 아버지와 엄마가 17년 전의 사랑에 새살이 돋아 세월이 파 놓은 틈을 메우길 지켜보는 일에 마음을 쏟지 못하였다. 나는 하루 종일 방구석에 틀어박혀 있었지만, 마음은 학교를 맴돌았다. 며칠 동안 오후에 정진이 집에 돌아오기만을 기다렸다가, 정진이 학원이 끝날 시간이면 얼른 집 밖으로 튀어 나가 동네 공터에 쭈그리고 앉아 정진이 큰 덩치를 흔들며 활달하게 걸어오는 것을 지켜봤다. 정진은 선생들이 우리 아버지와 나를 '그 아버지에 그 자식'이라며 혀를 차는 모습을 생생하게 전달하였고, 재현이와 며칠 동안 상담실에서 오광두가 나눠 준 엄청난 분량의 반성문을 어떤 내용으로 메웠는지 자세하게 말해 주었다. 정진의 얘기를 듣고 있자면 미안한 마음이 물밀 듯이 밀려와 커다란 물 자루를 가슴에 매달아 놓은 것 같았다.

나는 정진이 말을 끝낼 때마다 기운 빠진 추임새처럼 우물우물 "나 때문에 미안하다."고 하였는데, 정진은 낡은 소파에 앉아 내가 사 간 과자며 빵을 우적우적 먹으면서 고개를 내저었다.

"네가 미안할 게 뭐가 있어. 내가 좋아서 한 일인데. 아무튼 선생들이 이번에 본때를 보여 줄 생각인 것 같더라. 매독은 아주 살기등등해. 그런데 이상한 건 오광두야. 오광두는 상담실에서 재현이하고 나만 있을 때는 잘해 준다니까. 오광두가 오늘은 너는 잘 있느냐고 묻더라. 참 별일이지."

나는 노란 표지의 소설책에 푹 빠져 있던 오광두의 모습이 떠올랐다. 어쩌면 오광두는 학생들의 머리털 길이보다는 소설 속 주인공들의 머리털 빛깔에 더 관심이 있을지도 모른다는 생각이 들었다. 그렇지만 오광두가 어떤 생각을 가지고 있든 오정고 학생부장을 맡고 있는 한, 소설을 읽는 시간보다 학생들 머리털 깎는 시간이 더 많을 것이라는 건 확실했다.

정진은 공터에서 신나게 떠들어 대던 것과는 달리 집 앞에서 헤어질 때면 좀 시무룩해졌다.

"곧 징계 결정을 한다는데, 나보다 우리 아버지가 걱정이야. 우리 아버지 덩치는 커도 속은 여려서 오광두하고 상담하고 온 날, 우리 엄마 사진을 붙잡고 운 것 같더라고. 참, 애들 키우다 보면 그럴 수 있는데 말야……. 정학 같은 거 맞으면 아마 우리 아버지 쓰러질지도 몰라."

정진의 걱정에 나는 마음속으로 간절하게 빌었다. 제발 정진과 재현은 반성문 수십 장 쓰는 걸로 끝나게 해 달라고 말이다. 하지만 세상일이 내 뜻대로 될 리 없었다.

2005년 7월 16일 아침, 오정고 교장은 제헌절을 하루 앞두고 대통령보다 하루 빠르게 오정고 학생들에게 특별 담화를 발표했다. 교장은 대한민국 역사에 한 획을 그은 자랑스러운 오정고인이 1919년 3월 1일 만세운동 때와 1960년 4·19 혁명 때 위기에 처한 나라를 구하려고 시위에 참여했던 과거를 새삼 들먹인 뒤, 그 뒤로 수많은 인재가 배출되어 나라의 기틀을 이루었으니 제헌절을 앞두고 선배들의 기상을 이어받아야 한다고 하였다. 그러면서 나라를 위해서가 아니라 고작 두발 규제 때문에 시위를 계획했던 1학년 몇 명의 행동은 명분도, 정당성도 없다는 점을 은근히 비난하였다. 그리고 세계화 시대에 경쟁력 있는 인재를 육성하기 위해 오정고의 두발 규제가 앞으로도 지속될 것이며 좀더 강화될 것이라고 경고하였다.

이 담화문은 곧 효력을 발휘했다. 학교가 그 어느 때보다 민

첩하게 움직인 것이다. 두발 규제 폐지 시위에 참석하겠다고 의사를 밝혔던 여덟 명에게는 수행평가 벌점을 주었으며, 주동자 세 명은 역할 비중에 따라 징계 수위를 결정했다. 아이들을 끌어 모으는 데 적극 나섰던 1학년 4반 황정진은 사회봉사 7일, 스스로 두발 규제를 어기고 시위에 적극 참여하려 했던 1학년 1반 문재현은 사회봉사 10일, 두발 규제 폐지 시위 제안자이자, 선동 유인물을 작성한 나 1학년 1반 송일호는 정학 30일.

담임으로부터 정학 통보를 받은 날 아침, 아버지는 사하라 사막에 사는 투아레그족이 마신다는 차를 만들어 줬다. 그 차는 아버지의 검은 배낭에서 꺼내 놓은 여러 차 중의 하나였다. 아버지는 검은 배낭을 짊어지고 그 옛날 실크로드와 사하라 사막을 횡단해 물건을 사고팔던 상인과 같이 전 세계에 차를 공급하는 대상을 쫓아다니기라도 한 것처럼 많은 차를 가지고 있었다. 아버지는 밥을 먹으면 차를 타서 내놓았는데, 대개 그 맛이 한국에서는 결코 찾을 수 없을 이국적인 것이라서 아들에게 비축해 둔 애정을 모두 쏟고 있는 할머니도, 예의를 갖추느라 애쓰는 엄마도 한두 모금 마시고는 이내 고개를 돌려 버렸다. 오직 나만이 아버지가 어떤 걸 내놓아도 다 마셨다. 그건 숨을 참아 산소의 공급을 중단하여 뇌가 혀를 통해 감지하는 맛을 충분히 전달받지 못하도록 한 노력의 결과였다. 그렇지만 그걸 알 리 없는 아버지는 내가 태어나서 가장 곤욕스러운 일을 당한 순간에, 맛을 감히 짐작하기 어려운 아프리카 사막의 차를 내놓은 것이다. 나는 김이 모락모락 올라오는 맑은 차를 보며 앞으로 어떻게 해야 할까보다 이 차를 어떻게 마셔야 할까가 더 걱정되었다.

"마셔라. 마음을 평안하게 해 줄 거야."

설마.

"사막이든 어디든 싸워 이기는 사람만이 살아남아. 그 적은 모래일 수도 자신일 수도 있고, 세상일 수도 있지."

아버지는 아프리카 국적의 차를 음미하며 말했다. 나는 오래 전 아버지가 부친 사막 사진 엽서가 떠올랐다. 정말 아프리카에서 살았던 것일까? 궁금했지만, 지금 그걸 물어볼 처지가 아니었다. 나는 정학을 맞았다. 지금 막. 나는 불안한 마음을 감추며 차를 마셨다. 좀 달착지근했지만, 역시 입맛에 맞지 않았다. 하루 종일 모래와 싸우느라 지친 투아레그족의 전사들은 이 차로 피로를 날려 버린다지만, 학교와 싸워 진 내게는 아무런 평안도 주지 못할 맛이었다.

"네가 그랬듯, 누구나 싸운단다."

아버지는 조심스럽게 차를 또 한 잔 따르면서 말했다. 사실 내가 아버지가 주는 차를 남김없이 마셔 댄 까닭은 아버지가 차를 따르는 모습이 무척 보기 좋았기 때문이다. 아버지는 물을 끓이고, 차를 넣어 우리면서 묵묵히 자신의 행동에 집중했다. 그 모습은 할아버지가 이른 아침 조심스럽게 면도칼을 갈고, 가위를 갈며 이발을 준비하는 광경과 닮아 있었다. 둘의 행동은 마치 신성한 의식을 거행하는 것처럼 보여 저절로 숙연해진다. 나는 아버지가 차를 만드는 과정을 지켜보면서, 내 아버지가 적어도 세상에서 나쁜 일 따위는 하지 않았을 거라고 믿었다. 아버지는 내가 힘들게 비운 잔에 또 차를 따랐다. 그리고 다시 천천히 말했다.

"사막에 사는 사람들은 차를 마실 때 꼭 석 잔을 마시지. 첫 잔에는 우정, 둘째 잔에는 사랑, 셋째 잔에는 인생을 담아서. 인생……. 나는 돌아올 때에야 그걸 깨달았어. 내가 도망갔다는 걸. 싸우는 게 겁나서 도망친 거지, 나는. 내가 싸우지 않고 얻은 자유는 그래서 희망이 없었어. 희망이 없는 자유란 이 차만큼이나 맛이 없단다."

아버지가 빙시레 웃으면서 나를 보았다. 나는 아버지의 진지한 말끝에 붙은 말을 어떻게 해석해야 할지 난감했다. 내가 차를 고통스럽게 마신다는 걸 들켰나 싶어서 말이다.

"나도 집에 돌아온 뒤로는 차 맛이 없어지네. 진정한 자유의 맛은 가짜 자유의 맛에 비할 수가 없어."

나는 아버지의 말을 온전히 이해할 수 없었지만, 아버지도 차를 맛없어 한다는 걸 알고 기뻤다. 우리는 인생을 담은 셋째 잔은 마시지 않았다. 그건 각자 알아서 하길……. 그래도 그 맛없는 차는 내 마음을 충분히 평온하게 해 줬다.

차를 나눠 마신 아버지와 아들은 점심에 영화를 보러 갔다.

집 안에 틀어박혀 온갖 상상을 하다가 결국 회한이 밀려와 절망할지도 모를 아들을 위해 아버지가 주는 선물인 셈이었다.

우리는 나란히 동네를 걸어 내려가서 버스에 나란히 앉아 종로로 나갔다. 젊은 사람들이 학교에서 공부하느라, 일터에서 일하느라 잠시 잊고 있는 종로는 한적했다. 우리는 영화표를 끊어 놓은 뒤 에어컨 바람이 시원한 대형서점에서 책을 뒤적거리고, 문구 용품을 구경했다. 아버지는 내가 소설책 신간 코너에서 잠시 책을 보는 동안 혼자 여기저기 돌아다니다 와서는 내 팔을 잡아끌었다.

"일호야, 이리 좀 와 봐."

아버지의 표정은 신기한 걸 본 아이처럼 환했다. 아버지가 데려간 곳은 서점 안에 있는 만년필 매장이었다.

"아가씨, 아까 그거 좀 보여 줘요."

아버지는 투명한 유리 진열대 아래서 요란하지 않게 점잖은 빛을 내는 만년필 중 은빛으로 번쩍이는 것을 가리켰다. 그것은 옛날 졸업식 선물로 최고 인기 품목이었다는 파카 만년필이었다. 나는 아버지 얼굴을 쳐다봤다.

"어때, 좋아 보이지? 우리 때는 뭐니 뭐니 해도 파카가 최고였는데."

"저, 저는 만년필을 써 본 적이 없어요."

"그래, 그럼 이제 써 봐. 글 잘 쓰는 사람은 하나 정도 갖고 있으면 좋지."

아버지는 아가씨가 만년필을 포장하는 걸 뿌듯한 얼굴로 지켜보다가 바지 주머니에서 꼬깃꼬깃 접은 돈을 꺼냈다. 내가 그 돈을 물끄러미 보자, "돌아다닐 때, 습관이 되어서."라며 쑥스러운 웃음을 지었다.

아버지가 접은 돈을 펴서 내는 걸 호기심 어린 눈으로 지켜보던 점원 아가씨가 말했다.

"삼촌이 쌈짓돈으로 조카 선물 사 주시나 봐요."

그 말에 아버지는 정색을 하고 점원 아가씨 말을 바로잡아 줬다.

"삼촌이라니요. 애는 제 아들입니다."

아버지의 단호한 어조에 점원 아가씨는 "아버지가 아주 젊어 보이시네요."라며 자신의 실수가 결코 상대방을 불쾌하게 하지 않았을 거라고 확신하며 밝게 웃었지만, 아버지의 굳은 표정을 보고는 이내 난처해했다.

아버지는 만년필을 내게 건네고는 "가자." 하면서 다른 때와 달리 배를 좀 내밀고 팔자걸음으로 앞장섰다. 아버지는 너그럽지 않은 손님을 눈으로 쫓는 점원 아가씨에게 '봐라, 내가 이래도 아버지가 아니냐' 하는 것 같았다. 나는 아버지처럼 걷고 있는 아버지 뒤를 따르며 내가 여태 아버지를 아버지라고 부르지 않은 걸 깨달았다. 나는 아버지라는 단어를 속으로 되뇌다가 문득 어릴 적 기억이 났다.

어느 해 여름 우리 동네 아이들은 여태껏 경험하지 못한 새로운 놀이에 빠져 지냈다. 그건 정신이 좀 돌아 버린 한 사내를 놀리는 짓거리였다. 그 사내는 항상 손에 종이를 들고 다녔는데, 종이는 전봇대 허리에 묶어 놓은 신문 통에서 꺼낸 신문의 일부이거나, 누렇게 바랜 책 쪼가리이거나, 길바닥에 버려져 있는 광고전단 따위였다. 사내는 그것이 마치 어렵고 심각한 내용을 담고 있는 책이라도 되는 양 한 손으로 받쳐 들고 뚫어져라 보며 걸었고, 간혹 중얼중얼 소리 내 읽기도 하였다. 동네 어른들은 사내가 고시 공부를 하다가 미쳐 버렸다 하기도 하고, 박사인데 약을 잘못 먹어 정신이 들어갔다 나왔다 한다고 하기도 했다. 그 병의 원인이 무엇이든 아이들은 동네에 그 사내가 나타나면 뒤를 쫓으면서 되도 않는 질문들을 해 댔다. 아이들의 질문은 대개 "아저씨, 바보죠?", "아저씨 여자랑 얼레리꼴레리 했죠?", "아저씨, 개구리 반찬 먹죠?" 따위였는데, 그 사내는 아이들이 뭐라고 묻든지 간에 열심히 보고 있는 종이 쪼가리에서 눈을 떼지 않은 채 고개를 끄덕이며 "응, 응." 대답을 했다. 동네 아이들은 누가 더 기발하고 재미있는 질문을 하는가 서로 경쟁했다. 하루는 우리 중에 키가 가장 작은 아이가 나를 가리키며 "얘가 아들이죠?" 하고 물었다. 그 아이는 내가 아버지가 없다는 걸 알고 놀리려 했던 것이 아니라 그저 손가락으로 가리키기가 쉬웠기 때문이었는데, 나는 그 정신 나간 사내가 "응!" 하고 대답하는 순간 얼굴이 하얗게 질렸다가 그만 울음을 터뜨리고 말았다. 그 때 정진이 내 편을 들어

준답시고 자기보다 한참 작은 그 아이에게 달려들어 흠씬 두들겨 줬다. 그 바람에 맞은 아이와 그 아이와 친한 아이들이 정진에 대한 분풀이로 그 사내 뒤를 따라가다가 나를 만나면 "아버지라고 해 봐!", "너희 아버지 가신다, 인사해야지." 하며 낄낄거렸다. 그 웃음소리에 소름이 돋았고, 오랫동안 아버지라는 단어에 그 비겁한 웃음과 멍한 눈으로 종이 쪼가리를 보며 고개를 끄덕이던 정신 나간 사내의 모습이 따라다녔다.

이제 그 기억은 아스라하지만, 나는 아버지라는 말이 쉽게 나오지 않는다.

"아버지가 돌아오셨다며, 건강하시냐?"

아버지와 영화를 본 뒤 재현이를 찾아갔는데, 재현이는 나를 보자마자 대뜸 아버지 안부를 물었다. 재현이는 동네 피씨방에서 아르바이트를 하고 있었다. 재현이는 눅눅한 곰팡이 냄새에 전 어두컴컴한 피씨방에서 익숙하게 손님을 맞고, 야쿠르트를 내놓고, 재떨이를 비우고, 말을 잘 안 듣는 컴퓨터를 손봐 줬다.

"뻔한 스토리이긴 한데, 중학교 때 우리 아버지 사업이 잘 안 돼서 2학년 때부터 여기서 아르바이트를 했어. 이제 아버지가 다른 사업을 해서 집안 형편은 괜찮은데, 여기 사장님이 나 대신 일할 사람을 못 구하네. 그래서 그냥 하는 거야. 사람 나타날 때까지는 해야지. 우리 엄마도 몰라."

재현이는 그래서 1학기 동안은 야간 자습을 못하겠다고 한 거란다. 나는 재현이가 내준 차가운 야쿠르트를 쪽쪽 빨면서 카운터에 앉아 오락을 하다 가끔 혼잣말 하듯 중얼거리는 재현이의 말을 들었다.

"사회봉사는 언제부터 해?"

"아, 그거 안 해."

재현이는 컴퓨터 화면에서 튀어나오는 적들을 사정없이 죽여 가며 말했다. 안 하다니? 그럴 수도 있는 건가.

"나 대안학교로 옮길 생각이야. 우리 부모님이 양보하셨지. 한 학기만 가 보라고. 나는 거기 가 봐서 마음에 들면 눌러앉을 생각이고. 아무래도 학교하고는 안 맞는 것 같아. 시키는 대로 무조건 하는 건 내 스타일이 아냐. 시험 점수 1, 2점으로 아등바등 경쟁하는 것도 적성에 안 맞아."

나는 예전에 재현이가 학원에서 제멋대로 반을 정했다는 정진이 말이 떠올랐다. 재현이는 교실에서도 항상 흡수되지 못하고 물에 뜬 기름처럼 둥둥 떠 있었다.

"그런데 머리 자르기 싫다고 했대서 사회봉사 하라는 건 좀 웃기잖아. 봉사하면서 머리카락 길이를 반성하기 어렵지. 또 봉사하는 의도가 너무 불순해. 사회봉사라는 걸 마치 강제 노역처럼 여긴다는 거잖아."

재현이는 모니터에서 눈을 떼지 않은 채 큭큭 웃었다. 나도 호호 따라 웃었다. 재현이에게 미안했던 마음이 좀 누그러지는 것 같았다. 그래도 재현이가 대안학교에 간다는 건 걸렸다.

어른들은 세상엔 대안이 있을 수 없다고 본다. 대안은 정상 궤도를 이탈한 것이고, 어른들은 다른 궤도를 인정하지 않는다. 선생들이 사회에 나가 정상 궤도를 가려면 학생 때부터 두발도 사회에서 규정한 성인 남성의 머리에 익숙해져야 한다고 생각하는 것처럼 말이다. 재현이가 지금 다른 길로 나가면 정상 궤도로 진입하는 것이 힘들지 모른다. 아니, 진입하려 하지 않겠지. 하지만 어디에서 달리든 우리는 자신이 달리고 싶은 만큼 달리면 되는 것 아닌가.

재현이가 피씨방을 나오는 내게 빙긋 웃으며 차가운 음료수 캔을 하나 더 내밀었다.

"이거 내 알바비에서 까는 거야. 더운데 가면서 먹어. 그리고 또 놀러 와라. 나 대안학교 다니면 일찍 끝나니까 오후에는 쭉 여기 있을 거야."

나는 캔을 꼭 쥔 채 고개를 끄덕였다. 뜨거운 햇빛이 수그러들고 있는 거리에서 버스를 기다리며 재현이 준 차가운 음료수를 천천히 마셨다. 차갑고 달콤한 맛이 목구멍을 통과하면서 뜨겁게 느껴졌다. 문득 좋은 친구를 하나 얻었다는 생각이 들었다.

그런데 얻는 것이 있으면 잃는 것이 있는 법. 콧구멍으로 쑥 빠져나온 누런 콧물을 아무런 부끄럼 없이 들이마시던 때부터 한시도 떨어지지 않은 내 친구 정진이가 학교 징계가 난 뒤 통 보이지 않았다. 예전 같았으면 사회봉사를 어디로 다니는지,

무얼 했는지 학원 끝나자마자 조르르 달려와 얘기할 텐데, 정진이는 동네 공터에도 편의점에도 좀체 모습을 드러내지 않았다. 정진이 드나드는 파란 대문은 굳게 닫혀 있었고, 만둣집도 '내부 수리중'이라고 쓴 종이를 유리문에 붙여 놓은 채 문을 열지 않았다. 자식 사랑이 각별한 황씨 아저씨는 반장 되었다고 동네방네 자랑했던 아들이 징계를 받은 사실에 큰 충격을 받아 일도 손에 잡히지 않았을 것이다. 내부 수리중이란 만두 가게가 아니라 황씨 아저씨의 마음이었다. 나는 하루에 한 번씩은 얼굴을 보던 정진을 며칠이나 보지 못하자 마음이 불안했다. 그러면서도 먼저 정진을 만나러 선뜻 나가지 못했다. 이른 아침 파란 대문이 삐거덕 열리는 소리를 귀기울여 들으면서 '정진이 나가는구나', 밤 열두 시가 넘어 덜컹 만둣집 유리문이 열리는 소리에는 '정진이 학원 갔다 오는구나' 뻔히 알고 있었지만, 뛰어나갈 수 없었다. 정진을 안 본 지 나흘쯤 지나, 밤에 이발소로 나가 창문에 늘어진 커튼을 살짝 들추고 정진이 나타나길 기다렸다. 정진은 열두 시 넘어 제 아버지와 어깨를 나란히 하고 나타났다. 황씨 아저씨는 행여나 정진이 엉뚱한 일을 벌일까 염려가 되어 아침저녁으로 배웅하고 마중까지 나가는 듯했다. 정진은 제 아버지가 가게 문 자물쇠를 따는 동안 내가 있는 어두운 이발소 쪽을 휙 뒤돌아보았다. 나는 커튼을 들추고 손이라도 흔들어 주고 싶은 마음과 달리 얼른 커튼을 내리고 그 뒤로 숨었다. 곧 정진은 가게로 들어갔고, 주방에 매달아 놓은 백열등 아래서 김이 모락모락 올라오는 만두를 먹었다. 정진은 다른 때보다 어깨가 축 처져 만두를 급하게 집어 먹었다. 콧김을 뿜어 대면서 만두의 맛을 천천히 음미하고 있지 않았다.

"나는 말야, 우리 엄마 돌아가시던 날 밤, 병원에서 말야, 우리 엄마가 내 손을 꼭 잡는데 이상하게 네가 생각나더라. 일호가 있어 다행이다."

정진이 그랬다. 정진이 엄마 장례식을 치르는 이틀 밤을 장례식장에서 함께 지새웠을 때, 문상객을 맞다가 지친 정진이 새벽녘 컵라면을 먹으며 한 말이었다. 그 날 나는 코끝이 시큰거려 컵라면 맛을 느낄 수 없었다. 나는 '나도 아빠가 없는 대신 네가 있어서 괜찮았어'라고 대답하려 했지만, 정진이 컵라면을 금세 먹어 치우는 바람에 그만두고 말았다. 정진이는 마음이 불편하면 뭐든 빨리 먹어 치우는 습관이 있다. 그건 맛을 느끼는 것이 아니라 배를 채우는 행위에 지나지 않는다. 정진이는 우울하면 과자 다섯 봉지를 순식간에 먹어 치우며, 컵을 들 때는 새끼손가락을 뻗치며, 공부에 집중할 때면 오른쪽 발뒤꿈치를 들며, 버스를 타면 맨 앞자리에 앉으려 하며, 손가락에 묻은 더러운 것은 양말 발목에 닦으며, 가슴이 사발 엎어 놓은 것처럼 동그란 여자를 좋아하며, 중학교 1학년 때 처음 키스를 했으며, 책상 서랍 마지막 칸에는 기막히게 끝내 주는 CD를 넣어 두고 있다. 나는 가끔 내가 내 자신보다 정진에 대해 더 잘 알고 있는 것 같은 느낌이 들곤 했다.

정진아, 잘 있는 거니······.

나는 허겁지겁 만두를 먹고 있는 정진을 훔쳐보다가 방으로 돌아왔다. 아버지는 내 침대에서 얇은 이불을 고치처럼 몸에 돌돌 말고 코도 덜덜 골면서 곯아떨어져 있었다. 나는 가만히 요 위에 누워 정진과 그리고 인생에서 전혀 생각하지 못한 새로운 한 달을 생각했다. 앞으로 뭘 하지? 정진이도 없이······. 그러다가 문득 옆방에서 낮게 코를 골면서 자고 있을 엄마가 떠올랐다. 나는 아직 엄마에게 정확 맞은 것을 말하지 않았다.

정진아, 어쩌면 좋냐?

9

 엄마가 나의 정학 사실을 안 것은 내가 정학을 맞은 지 꼭 닷새째 되던 날이다. 나는 그 날도 아침 일찍 학교에 간다고 가방을 들고 나와 구립도서관 구석에 쭈그리고 앉아 시공간을 초월한 판타지 소설에 빠져 있었다. 아버지는 집을 급히 나오는 나를 뒤따라와 "오늘은 기다렸다가 엄마가 나오시면 꼭 말해라." 하고 당부하였지만, 나는 입 대신 발이 먼저 떨어져 곧장 동네를 빠져나와 도서관으로 오고 말았다. 내가 도서관의 서늘한 불빛 아래서 판타지 소설을 보며 판타지 세상을 동경하고 있을 때, 엄마도 세상 밖으로 도피하고 싶은 심정이었을 줄은 꿈에도 몰랐다.
 "정진이 아버지, 누구 애길 하는 거예요?"

엄마는 아들이 정학을 맞았다는 말을 곧이듣지 않았다고 한다. 우리 엄마에게 끔찍했던 그 날 아침은 정진이 나중에 제 추측에 해석까지 덧붙여 얘기해 줬다.

그러니까 내가 도서관으로 줄행랑을 친 뒤 출근하려고 나온 엄마는 아무것도 교체한 것 없이 '내부 수리'를 끝낸 만둣집 앞에서 찜통 불을 높이던 황씨 아저씨를 만났고, 아저씨의 "너무 상심하지 마세요."라는 말에 검은 배낭만 달랑 들고 돌아온 남편 얘기를 하나 싶어 얼굴을 붉혔다.

"아, 네."

엄마는 남자가 가납사니처럼 별걸 다 참견한다 싶어 대강 인사나 하고 자리를 뜨려 했는데, 결정적인 한마디가 날아들었다.

"일호 너무 나무라지 마세요."

엄마는 아들의 이름이 입에 오르자 귀가 쏠렸고, 아무 탈 없이 있는 아이를 나무라지 말라는 말에 눈이 둥그레졌다.

"무슨 말씀이세요?"

엄마의 뜨악한 표정에 황씨 아저씨는 아들의 인생을 좌지우지할 일을 엄마가 여태 몰랐다는 사실에 경악하였다. 그리하여 서울 장안의 모든 학원을 속속들이 분석하고 논리적으로 파헤쳐 동네 아줌마들을 경탄하게 한 언변으로 오정고등학교 개교 이래 가장 큰 사건을 일으킨 나의 행동을 낱낱이 고해 바침은 물론, 20년 만에 집에 와서는 물정 없이 학교에 달려가

궁지에 몰린 아들을 구해내기는커녕 되도 않게 쌍팔 년도에나 떠들던 과격한 말들로 학교를 자극해 근래에는 남용되지 않던 정학을 30일이나 맞게 한 송충만의 경솔함을 장황하게 떠벌렸다.

그 동안 황씨 아저씨의 말을 대한민국 학부모가 반드시 알아야 할 잠언으로 여기며 아들 교육에 적극 반영해 온 엄마는 처음으로 의심을 품었다.

"일호가 왜요? 아니 걔가 왜 그런 일을 해요? 우리 일호는 두발 규제에 걸린 적도 없는데. 아니 그 애가 왜 반대 시위를 하겠어요. 말이 된다고 생각하세요? 아뇨, 이건 뭔가 잘못돼도 한참 잘못된 거예요."

"불 안 지핀 찜통에서 김 나겠습니까? 잘못을 했으니 학교가 징계를 한 것이지요."

"아니, 애들이 잘못하면 얼마나 잘못합니까?"

엄마는 황씨 아저씨에게 따질 일이 아니라는 것을 알면서도 황씨 아저씨가 학교를 두둔하는 것처럼 들려 섭섭했던 것이다. 다른 때 같으면 눈치 빠르게 대응했을 황씨 아저씨가 웬일로 자청하고 학교를 대변하고 나서는 꼴이 되었다.

"저도 자식을 키우지만서도 내 자식이라고 다 옳은 일만 하겠습니까. 그리고 부모라고 해도 애들이 뭘 하고 다니는지 다 알 수 없지요. 그저 이런 일이 있을 때는 학교에 가서 제가 자식을 잘못 키웠습니다 하고 바짝 엎드리는 것이 상책인데, 일호 아버지가 그렇게 하면 안 되지요."

황씨 아저씨는 자꾸 활시위를 아버지 송충만에게 돌렸지만, 엄마는 아저씨의 말이 어미가 자식을 잘못 키운 탓이라고 하는 것 같아 발끈하였다.

"아니, 정진이 아버지. 이게 무슨 매도인 담보책임입니까? 학생이 학교에 가서 잘못을 했으면, 학생을 관리해야 하는 학교 책임이 더 크지요. 아무튼, 알았습니다."

때리는 시어머니보다 말리는 시누이가 밉다는 옛말이 딱 맞아떨어지는 상황이었다. 엄마는 몸을 획 돌려 또각또각 요란하게 구두 소리를 내면서 만둣집 앞을 빠르게 지나가 버렸는데, 정진은 그 때 우리 엄마 얼굴이 냉동고에 얼려 놓았다가 막 꺼낸 것처럼 차가웠다고 한다.

여름 아침에 찬바람을 획획 일으키며 동네를 내려온 엄마는 길가에 세워 둔 마티즈에 올랐지만, 한동안 가슴이 떨려 시동을 걸지 못하다가 목적지가 있다는 걸 깨닫고 액셀을 힘차게 밟았을 것이다. 엄마가 도착한 곳은 아들에게 징계를 내린 오정고등학교였고 엄마는 곧장 교무실로 뛰어 들어가 1학년 1반 담임을 찾아 다짜고짜 '우리 아이가 뭘 잘못해서 정학을 맞았느냐?'고 따졌겠지만 이미 결과를 되돌릴 수 없는 상황이라는 것을 알고는 어깨를 늘어뜨리고 마티즈에 다시 올랐을 것이다. 엄마는 더운 김이 채워진 마티즈 안에서 한숨을 폭폭 내쉬다가 "일호 아버님이라도 그 때 일호에게 따끔하게 혼을 내셨더라면……"이라고 한 담임의 말이 섬광처럼 뇌리를 스쳐 지나가면서 황씨 아저씨의 말대로 일을 이렇게 꼬이게 하여 아들의 장래에 장애물을 쳐 놓은 것이 송충만이라는 것에 공감하였던 것이다. 그래서 엄마는 다시 핸들을 돌려 집으로 내쳐 달렸고, 동네 입구에 차를 세워 둔 뒤 햇볕에 서서히 달궈지기 시작한 동네 가파른 길을 올랐다.

엄마는 생각했을 것이다. 17년 전 한여름 날, 스물다섯 살의 어리지도 뻔뻔하지도 못했던 처녀 이금련을. 그 처녀는 원피스로 불쑥 나온 배를 감춘다고 감췄는데 뜨거운 바람이 슬쩍 지나가기만 해도 원피스 자락이 다리 가랑이 사이로 휘감겨 들어가 더 선명하게 배가 드러나는 게 신경 쓰여 제대로 걷지도 못하면서, 목뒤로 이마로 흐르는 땀을 걱정했다. 땀을 흘리면 초라해 보일 텐데. 화장도 지워졌을 텐데. 처녀는 커다란 가방을 내려놓고, 이미 땀에 흠뻑 젖은 손수건으로 목덜미와 이마에 흐른 땀을 닦았다고 했다.

엄마는 말했다. 덥고 힘들었지만 멈출 수 없었다고. 엄마에게 들은 그 더운 날의 얘기는 내 머릿속에 영화의 장면들처럼 새겨져 있다.

처녀는 땀을 닦으며 주소가 적힌 종이를 펴 보았다. 서울시 마포구 도원동 태성이발소. 처녀는 다시 가방을 들고 걸음을 뗐다. 낯선 골목길은 가도 가도 끝이 없을 것처럼 길어 보였고, 흘긋거리는 사람들의 얼굴은 하나같이 냉담했다. 처녀는 사람들과 눈이 마주칠 때마다 원피스에 그려진 붉은 꽃잎처럼 얼굴을 붉히면서도 걸음을 멈추지 않았다. 이금련은 아기를 가진 처녀가, 부모도 없는 처녀가, 대학도 못 나온 처녀가 아기를 세상에 내놓고 살 수 있는 길은 이 동네 길을 오르는 것밖에 없다고 자신을 설득했다. 이금련은 자신이 오르는 길 끄트머리에 대한민국에서 가장 오래된 이발소가 있으며, 그 이발소에는 대한민국에서 가장 오래된 가위와 면도기가 있다는 것을 알고 있었다. 처녀가 처음 사랑했고, 처음 이별한 남자는 술만 마시면 떠나온 이발소 얘기를 했었다.

"태성이발소. 알아요? 우리 이발소는 교과서에도 나와요."

처녀는 아기를 가진 걸 알고는 그 남자 얘기를 기억해 냈고, 남자가 그 집에 없다는 걸 알면서도 찾아 나섰다.

처녀가 태성이발소 문을 열고 들어섰을 때는 처녀의 머리털은 초라하게 흠뻑 젖은데다 붉은 꽃잎 원피스마저 민망하게 몸에 달라붙어 있었다. 처녀는 자신의 볼품없는 꼴이 부끄러워 고개를 수그렸다. 훗날 태성이발소 이발사이자 처녀의 뱃속에 있는 아기의 할아버지 송명관 옹은 그 날 처녀의 모습을 커다란 삼색등과 같았다 기억하였고, 안채에서 맨발로 뛰어나온 이발사의 부인이자 뱃속 아기의 할머니인 유춘옥 여사는 금방 물을 준 빨간 깨꽃 같았다고 회상하였다. 삼색등이든 깨꽃이든 목포에서 온, 애를 밴 처녀는 애 아버지 이름만 대고 태성이발소에 눌러 앉았다. 말로만 한다면 그 세월을 조기 한 두

릅 엮듯이 간단하게 묶어 말할 수 있겠지만, 처녀가 아기를 낳아 남편도 없이 키운 하루하루가 얼마나 기막혔을까. 그래도 엄마는 아무도 원망하지 않았다. 사랑만 키워 놓고 세상 밖으로 도망가 버린 남자도, 처녀가 애를 배서 집안 망신 시킨다며 내친 형제도, 하룻밤 사랑에 인생을 바꿔 버린 자신조차도.

그러던 엄마는 아들이 정학당한 사실을 뒤늦게 알고 처음으로 누군가를 원망했다. 17년 동안 오로지 아들만 바라보며 동동걸음으로 뛰어다닌 도원동 고갯길을 겅정겅정 숨차게 오르며 엄마는 중얼거렸을 것이다.

"여태 어디 있다가 이제 나타나서는 내 아들 앞길을 망치려고 해. 내 이 인간을……"

엄마는 사랑하는 남자가 어느 날 새벽 훌쩍 원양선에 오르는 것을 숨어서 눈바래기하며 소매 끝으로 눈물을 훔쳐 내던 처녀가 아니었다. 짧지 않은 세월을 버티며, 삭이며, 이겨 내느라 다져진 마음은 굵어진 허리보다 강하고 튼실했다. 엄마는 이마에 흐르는 땀을 손등으로 쓱 닦고, 앞가슴으로 땀이 고이는 듯싶자 서슴없이 블라우스 앞 단추 두 개를 풀고 팔을 헤적헤적 내저으며 걸었을 것이다. 엄마의 기세는 당장 드잡이를 해서 땅바닥에 내꽂을 빚쟁이와 다르지 않았을 것이다.

"송충만 씨, 어떻게 이럴 수가 있어요. 그런 일이 있으면 나한테 말을 했어야지요."

이발소 언저리로 불려 나온 아버지는 엄마의 한마디에 곧바로 상황 파악을 하고, 17년 만에 재회한 후 위태롭던 데탕트 분위기가 완전히 끝났다는 것을 깨달았다. 아버지는 엄마가 무슨 말을 하든 승복할 자세가 되어 있었다. 그래서 엄마가 쏘아붙이는 말에 고개만 끄덕였는데, 그것으로 끝났으면 될 것을 막판에 이 한마디를 하고 만 것이다.

"당신 참 많이 변했네."

다소곳하던 이금련의 처녀 적 모습을 온전하게 기억하고 있던 아버지로서는 본 대로 느낀 대로 말한 것뿐이었겠지만, 이 말은 끓는 물에 기름을 부은 격이었다. 아버지의 말에 엄마는 콧김까지 내뿜으며 씩씩거리더니 얼굴이 시뻘겋다 못해 시퍼렇게 되어서 소리쳤다고 한다.

"그래요, 나 변했어요. 허파에 바람 든 남자한테 홀랑 넘어가서 간이고 쓸개고 다 빼 준 바보 천치 같은 이금련은 예전에 죽었어요. 나 이금련, 당신이 아는 그 이금련이 아니라고요. 만약에 내 아들한테 무슨 일이 생기면 나 당신 가만 안 놔둬요. 당신이 벌려 놓은 일, 당신이 원상복귀 시켜 놔요!"

엄마의 엄포에 당황한 아버지는 하루 종일 안절부절못하다가, 버스 정류장에 나와 나를 기다렸다. 아버지는 나를 보자 오전에 엄마에게 완패당한 상황을 실감나게 재현하고 나서 물었다.

"내가 그렇게 잘못한 거니?"

"아뇨. 제 잘못인걸요."

"아니, 변했다는 말, 그 말. 내가 잘못한 거냐고?"

나는 버스 정류장 긴 의자에 나란히 앉은 아버지의 진지한 얼굴을 보고 웃음이 나오는 걸 참았다. 남자들이란.

"여자들은 그런 말을 싫어하는 거니?"

"변했다는 말은 부정적으로 들리니까요."

"그래, 그렇지. 내 실수야, 실수. 어쩌냐."

"걱정 마세요. 엄마는 금방 잊을 거예요."

"아니, 내가 화를 돋웠으니 네가 더 진땀 빼게 생겼다."

"아, 네……."

아버지는 나를 걱정하며 한숨을 내쉬었지만, 내가 보기에 아버지는 아줌마가 된 이금련이 자신과의 과거마저 변질시키고 아예 매장시킬까 봐 전전긍긍하는 것 같았다. 나는 이금련 여사가 아들이 정학당한 것을 잠시라도 잊기를 빌었고, 아버지는 이금련 여사가 자신과 사랑한 사이였다는 것을 잠시라도 잊지 않기를 빌었다. 서로 다른 바람을 가진 두 남자는 정류소에서 편의점 앞으로 자리를 옮겨 하드 하나씩을 입에 물었다. 해가 도시 끝으로 떨어져 가로수 나뭇잎을 진하게 물들이자 햇빛에 지나치게 발광하던 도시가 차츰 겸손한 제 모습을 찾아갔다. 그리고 두 남자도 앞으로 닥칠 일을 겸허하게 받아들이기로 했다.

"내가 잘한 게 없잖아. 사과해야지."

아버지는 하드 막대를 마치 백기라도 되는 양 흔들며 말했다. 사과할 권리조차 엄마에게 인정받지 못할 것이 뻔한 나로서는 그것마저 부러웠다. 나는 붉은 물이 밴 하드 막대를 편의점 앞 쓰레기통에 던져 넣었다.

"일호야, 걱정 마라. 내가 경솔해서 일을 그르쳤다고 할 테니까. 너는 말야, 네가 왜 학교와 싸울 수밖에 없었는지 사실대로 말해. 엄마라면 이해할 거야. 예전에 너희 엄마 마음이 얼굴만큼 고왔지. 목포항 매표소 이금련 때문에 밤잠 설치는 뱃사람이 한둘이 아니었어······. 걱정 마라."

아버지는 아침에 아줌마가 된 이금련에게 호되게 당하고도, 여전히 추억 속 이금련을 떨쳐 내지 못했다. 살랑살랑 부는 밤바람이 아버지를 옛 감상에 밀어 넣고 있었다.

아버지는 아줌마 이금련을 잘 모른다. 그 날 밤, 나를 동네 공터로 데려간 엄마는 메마른 목소리로 물었다.

"왜 그랬어?"

"엄마······."

"엄마? 내가 늬 엄마이긴 해? 내가 늬 엄마면 네 일을 남한테 들을 수가 있어?"

"죄송해요."

"죄송? 뭐가? 뭐가 죄송해? 죄송할 일을 왜 해. 너 엄마가 어떤 기분인 줄 알기나 해? 엄마가 너 정학이나 당하라고 발이 부르트도록 돌아다니며 일한 줄 알아? 내가 널 어떻게 키웠는데, 내가 누굴 보고 여태 살았는데."

엄마가 나를 혼내는 전초전은 이렇게 아들에게 자신의 미래를 걸었던 어리석음을 스스로 질책하는 것으로 시작해 서러움에 북받쳐 터지는 울음으로 서서히 절정에 오른다. 내가 중학교 때 성적이 10점이나 떨어졌을 때, 수학여행 갔다가 돌아오던 날 연락도 없이 영화를 보고 밤늦게 돌아왔을 때, 엄마는 이미 혼내는 과정 4단계를 보여 준 바 있었다. 3단계는 울음을 어렵게 삼킨 엄마가 고해성사를 받는 신부처럼 숙연한 목소리로 이렇게 말하는 것이다.

"그래, 일호야. 왜 그랬니?"

이 때 내 고해성사는 길면 길수록 불리하다. 자칫 내 입으로 엄마가 모르고 넘어갈 수 있는 일까지 털어놓았다가 엄마의 분노에 불을 지펴 다시 1단계로 되돌아갈 수도 있기 때문이다.

"엄마, 죄송해요. 일이 이렇게까지 될 줄은 몰랐어요."

나는 빨리 끝내고 싶었다. 엄마에게 죄송한 마음은 진심이라서 이 일로 엄마가 더는 아파하지 않기를 바랐다. 나는 어서 4단계로 돌입해 엄마가 내게 다시는 이런 일이 없도록 하라고 주의를 주는 것으로 끝내고 싶었다. 그렇지만 엄마는 예전과 다르게 결론을 내렸다.

"그래. 너도 속상하지. 정학이라니. 내일 아침에 같이 학교에 가자. 엄마가 교장 선생님을 만나 엎드려 빌어서라도 징계를 철회하게 할게. 너도 진심으로 뉘우친다고 말해. 해 보자. 가능할 거야. 너 모범생이었잖아. 너희 담임 선생님도 그러시더라. 네가 워낙에 성실하고 바르게 행동해서 네가 그런 일을 했다는 게 믿기지 않았다고. 순간 실수한 거라고 해. 다시는 그런 일이 없을 거라고 말야."

아들이 두발 규제 반대 시위를 하려 한 것을 진심으로 뉘우친다고 생각한 엄마는 불행한 사태를 반전시킬 가능성을 찾고는 눈을 반짝였다. 엄마의 목소리는 평상시처럼 자신감이 묻어났다. 공인중개사 시험을 단번에 통과한 뒤 엄마는 세상에 노력해서 안 되는 일은 없다고 믿었다. 엄마의 자신감은 사소한 일에서도 성과를 얻으면서 견고해졌다. 유명 백화점에서 물건 값을 깎는다거나, 동네 사람들 곗돈을 챙겨 달아난 아줌마를 찾아내 혼자만 원금을 돌려받았다거나, 마감이 끝난 방학 캠프에 쫓아가 사정사정하여 결원이 생긴 자리를 얻어 왔다거나 하는 일들은 엄마에게 '뭐든지 하면 된다'는 소신을 갖도록 했다.

"일호야, 엄마만 믿어. 노력해서 안 되는 일은 없어!"

엄마는 슬쩍 외면한다. 엄마의 노력이 때로는 세상에 야합하는 요령에 지나지 않는다는 것을. 노력은 신념을 쫓는 것이지만, 요령은 눈앞의 이득만 쫓는다. 나는 어둠 속에서 빛을 내는 엄마의 눈을 보며 고개를 내저었다. 나는 내 신념을 물건 값 흥정하듯 하고 싶지 않았다.

"엄마, 그럴 수 없어요."

"왜?"

"엄마, 머리를 선생님들이 멋대로 밀어 대는 것은 옳지 않아요. 그건 인간이 가져야 할 최소한의 권리를 짓밟는 거예요. 학생도 생각하고 느끼는 인간이에요. 엄마, 저는 제가 잘못했다고 생각하지 않아요."

"그래, 그래. 엄마도 두발 규제 하는 거 마음에 안 들어. 머리 길이로 인격을 판단하는 건 우습다는 거 알아. 그리고 두발 규제를 빌미로 폭력을 행사하는 건 말도 안 된다고 생각해. 엄마도 그 정도는 깨어 있는 사람이야. 하지만 어쩌겠니. 너희 학교 규정이 그런 걸. 네가 그런다고 바뀌지 않아. 세상이 그렇게 호락호락하지 않아. 일호야, 너 혼자 싸운다고 될 일이 아냐. 그러니까 그냥 넘어가자. 그렇다고 네가 피해를 볼 필요는 없잖아."

노력하면 다 된다는 엄마는 아들이 노력하기보다 요령 있게 살기를 바라는 것이다. 그것이 세상을 먼저 살아 본 엄마의 눈물겨운 모성애다.

"엄마, 잘못되었다는 걸 알면서 그냥 놔두는 게 더 우습잖아요. 그러고 싶지 않아요. 정말 그러고 싶지 않아요."

나는 좀더 단호하게 말했다. 엄마는 내 말이 끝나기가 무섭게 버럭 소리를 질렀다.

"그래서, 그래서 그깟 머리 스타일 때문에 정학을 맞겠다는 거야? 너 지금 이럴 틈이 어딨어. 네가 엉뚱한 짓 하고 있을 때, 다른 애들은 머리 싸매고 공부한단 말야! 너, 내신 성적에 이번 일이 치명적인 거 알아, 몰라. 한번 어긋나면 대학이고 뭐고 다 도로아미타불이야!"

엄마는 다시 1단계로 돌아갔다. 깨어 있다는 엄마도 대학 문 앞에서는 여지없이 자유가 없는 억압된 철갑옷을 꺼내 입는다. 어른들은 아이들에게 똑같은 철갑옷을 입혀 놓고 열심히 공부해서 세상에 나가 자유롭게 이상을 펼치라고 가르친다. 자신들처럼 철갑옷에 익숙해진 아이들이 자유롭게 날지 못할 거라는 걸 알면서도 말이다. 오래 전 엄마가 단단하게 크라고 했던 것은 세상이 어떻게 돌아가든 단단한 철갑옷을 입고 자기만 지키라는 뜻이었다.

철갑옷으로 단단하게 무장한 엄마는 내 말을 듣지 않았다. 엄마는 다시 울고, 타이르고, 설득하다가 안 되자 협박으로 끝냈다.

"그래, 너 마음대로 해 봐. 학교를 때려치우든지, 대학을 포기하든지 네 마음대로 해. 늬 인생 늬가 알아서 해. 너하고 장단 맞추는 네 아버지랑 잘해 봐. 나중에 엄마 원망이나 하지 마."

엄마는 무려 세 시간에 걸친 긴 분노의 장정을 끝내고 집으로 내려갔다. 엄마가 토해 놓은 울분이 섞여 있는 공터의 밤바람이 끈끈하게 온몸에 달라붙었다. 나는 끈적거리는 밤공기가 내 폐에 달라붙지 못하도록 숨을 크게 내쉬었다. 앞으로 어떻게 할 것인가. 한 달 내내 도서관에 틀어박혀 있는 건 엄마의 울음 섞인 한숨만큼이나 답답할 것 같았다. 나도 대안학교를 알아봐? 아니면…….

내가 공터를 빙빙 돌면서 답을 찾지 못하고 있을 때 느닷없이 검은 그림자가 뛰어들면서 익숙한 냄새가 훅 끼쳐 왔다. 막 쪄 낸, 양파 냄새가 고스란히 살아 있는 만두 냄새. 정진이었다. 정진이는 터벅터벅 걸어 낡은 가죽 소파에 철퍼덕 앉았다. 소파의 가죽이 밀리면서 방귀 소리를 냈다. 나는 반가운 마음에 얼른 정진에게 다가갔는데, 정진은 소파에 몸을 깊숙하게 맡긴 채 알은체를 하지 않았다.

"정진아!"

가까이 가 보니 정진은 소파 가죽이 찢긴 곳에서 터져 나온 스펀지를 조금씩 뜯어 내고 있었다. 마치 그 일을 하러 공터에 온 사람처럼 정진은 규칙적인 속도로 스펀지를 뜯어 내는 데 열중했다.

"너 배고프냐? 그거 뜯어서 빈속 채우려고?"

"……."

"너 오다가 우리 엄마 못 봤니? 나 여기서 엄마하고 한바탕 했거든. 너 우리 엄마 화나면 어떤지 알지? 오늘은 최장 기록을 세웠어. 나 여기서 밤새우는 줄 알았어. ……정진아?"

나는 오랜만에 정진이를 보자 멋쩍어 주절주절 떠들었는데, 정진이는 고개를 떨군 채 스펀지만 상대했다. 나는 정진이가 스펀지를 모조리 뜯어 내고는 벌떡 일어나 집에 가 버릴까 봐

겁이 났다. 나 때문에 징계당한 것이 화가 나서 '이 스펀지처럼 너를 다 쥐어뜯고 싶다'고 하는 것 같아 온몸이 파르르 떨렸다.

"정진아, 화났니?"

나는 정진의 침묵이 엄마의 고함보다 더 두려워 용기를 내서 물었다. 내 말에 정진이 손을 멈추고 나를 올려다봤다. 달빛과 가로등 불빛 때문인지 정진의 얼굴이 초췌해 보였다. 나는 정진과 눈이 마주치는 순간 왈칵 눈물이 나올 뻔해서 천천히 고개를 돌려 달을 올려다봤다. 그런데,

"미안해서 피했어. 같이 한 일인데, 너만 정학을 맞고……."

정진의 말에 나는 그만 눈물을 찔끔 흘리고 말았다. 나쁜 놈! 나는 얼른 손등으로 눈물을 닦고 정진의 어깨를 세게 내려쳤다.

"짜식, 미안하긴 네가 왜 미안해. 내가 미안하지."

며칠 동안 정진이와 멀어질까 봐 마음 졸였던 게 확 풀어지면서 어두운 공터가 환해지는 것 같았다. 정진의 얼굴도 밝아졌다.

"황정진! 너 삐친 줄 알았잖아."

"내가 계집애냐, 삐치긴. 삐치는 거 전문은 너잖아. 너 옛날부터 무지하게 삐쳤잖아. 기억 안 나냐? 너 초등학교 때 나한테 절교 선언을 열 번도 더 했어. 그것도 아주 쩨쩨한 이유로 말야. 너 밴댕이였어. 내가 밴댕이를 사람 만드느라 애썼지. 나 노벨 생물학상 줘야 해. 단기간에 어류를 영장류로 진화시켰

으니까."

기다리고 기다리던 정진의 말문이 드디어 터졌다. 그것은 긴 가뭄으로 거북이 등짝처럼 쩍쩍 갈라진 논바닥에 물을 댄 것처럼 메말라 있던 내 마음을 시원하게 적셨다. 이제야 나는 숨을 쉬는 것 같았고, 머리가 맑아졌다. 정진은 그 동안 있었던 일을 한꺼번에 들려줬다. 사회봉사 한 곳에서 일어난 일과 그 곳에서 만난 사람들의 개인사에서 제 아버지가 우리 엄마를 화나게 한 뒤 무지하게 후회하고 있다는 가정사, 거기다가 우리 아버지에 대한 동네 사람들의 평까지 정진의 입은 쉴 새가 없었다. 나는 정진이 저렇게 계속 떠들어 대다가는 탈진하지 싶어 편의점으로 데려가 우유에 삼각 김밥까지 먹여야 했다. 정진이 먹는 모습을 보자 먹지 않아도 배가 불렀다.

"송일호 덕분에 이제 살 것 같다."

"속이 좀 찼어?"

"아니, 배가 고팠던 게 아니라 말이 고팠어. 너랑 말하고 싶은 거 참느라고 죽는 줄 알았다. 역시 송충이는 솔잎을 먹고, 나는 말을 먹고 살아야 해. 너 보기 미안해서 피하는 동안 하도 심심해서 재현이 만나러 갔더니, 그 자식은 도대체 남의 말을 듣는 자세가 안 됐어요. 말 좀 할 만하면 툭 나서서 자르질 않나, 남은 말하는데 저는 게임을 하질 않나, 문재현 그건 정말 제멋대로야."

"나도 재현이 만나고 왔어."

"그래, 그랬다고 하더라. 그 자식 제멋대로긴 한데, 인간성은 괜찮은 것 같지? 우리 셋이 여름방학 때 놀러나 갈까? 어때? 바닷가나 계곡으로 가는 거야. 이 답답한 도시를 떠나 우리만의 자유를 찾는 거야. 어때, 일호야."

"자유? 그래, 자유 좋아. 자유는 그냥 얻을 수 없으니까."

"그래, 자유!"

"그래, 가자!"

나는 정진이와 집으로 돌아오면서 머릿속으로 끝이 보이지 않는 드넓은 바다를 그려 봤다. 그 바다에 우리 셋이 뛰어들어 마음껏 물속을 헤엄쳐 다니는 것은 상상만으로도 행복했다. 하지만, 그 전에 할 일이 있다.

"나, 내일부터 학교 간다. 정신지체 아이들 돌보는 거 처음에는 힘들었는데, 막상 학교 가려니까 사회봉사 더 하고 싶더라. 거기 몇 명하고 정도 들었고 말야. 그나저나 너는 뭐 하나? 낮에는 나도 없고."

"너하고 얘기하면서 할 일이 떠올랐어."

"그게 뭔데? 뭐 재미난 거구나? 너, 그런 거 있음 혼자 하지 말고 나랑 같이 해야 해."

"미쳤어? 좋은 걸 나눠 갖게. 아무튼 비밀이지만, 곧 알게 될 거야."

정진은 내 말에 몸이 달아서 알려 달라고 졸랐지만, 나는 입을 굳게 다물었다.

나는 내가 시작한 일을 마무리하기로 마음먹었다. 엄마에게 노력하면 된다는 것이 무엇인지 보여 주고 싶었다.

10

 내가 '두발 규제 폐지'라고 쓴 피켓을 들고 학교 교문 앞에 섰을 때, 세상은 볼록렌즈로 들여다보는 것처럼 모든 형체가 커 보였다. 건물도, 나무도, 사람들도 거대한 괴물처럼 변해 내 쪽으로 좁혀 오는 것 같아 다리가 후들거렸다.
 "괜찮겠니?"
 밤에 컴컴한 이발소에서 피켓을 만들고 있을 때 불쑥 나타난 아버지가 피켓과 나를 번갈아 보며 물었을 때, 나는 서슴없이 대답했다.
 "그럼요."
 나는 등교하는 아이들과 선생님들이 하나 둘 늘어 가는 걸 보면서 혼자 중얼거렸다.

"그럼요, 잘할 수 있어요."

나는 눈을 더 크게 뜨고 정면을 뚫어지게 바라보며 서 있었다. 아이들의 눈길이 내 몸과 손에 들려 있는 피켓에 햇볕보다도 더 뜨겁게 내리꽂히는 것을 의식하게 될 때마다 자꾸 어깨가 굽었다.

"일호야!"

멀리서 나를 발견하고는 뛰어왔는지, 정진이 숨을 헐떡거리며 다가왔다. 정진의 얼굴은 금방이라도 울 것처럼 찌푸려져 있었다.

"너, 어쩌려고 이래."

정진은 내가 남들에게 보이지 않는 곳에 숨어 있기라도 한 듯 주위를 두리번거리면서 아주 작은 목소리로 다급하게 말했다.

"여기 있다가 선생들한테 걸리면 끝장이야."

"알아."

"일호야, 혼자 이러지 마."

"어서 들어가!"

"너 할 일이 있다는 게 이거였어? 이건 말도 안 돼!"

"어서 들어가!"

"그만두고 가자. 이제 곧 오광두하고 선도부들 나와서 두발 검사할 거야. 가자, 응?"

내 팔을 잡아끄는 정진의 손바닥이 땀에 젖어 축축했다. 나는 정진의 손을 거칠게 뿌리치고 말했다.

"빨리 들어가. 나중에 얘기해."

"정말 이럴 거야? 너 혼자 이러면 어떡해."

자신을 따돌린 것이 정말 억울한 것처럼 볼멘소리를 하던 정진은 입을 꾹 다물어 버린 나를 한참 동안 애절하게 보다가 발길을 돌렸다. 마지못해 학교로 들어가며 자꾸 나를 뒤돌아보는 정진의 모습은 처량해 보이기까지 했다. 정진의 투실투실한 엉덩이가 뒤뚱거리며 사라진 뒤 말쑥하게 차려입은 오광두가 늘 가지고 다니는 긴 막대기를 옆구리에 낀 채 교문 앞에 나타났다. 미운 정도 정이라고, 오랜만에 오광두를 보자 내 처지를 잊고 불쑥 반가운 마음이 들어, 자칫 마음을 놓았다가는 피켓을 높이 쳐들어 꽃다발이라도 되는 양 흔들 뻔했다. 오광두는 아무런 표정 없이 나를 쳐다보며 천천히 걸어왔다. 교문에 들어서던 아이들이 오광두와 나를 번갈아 보면서 수군거렸다. 몇몇 아이는 재빨리 교문 안으로 뛰어 들어갔다. 오광두에게 걸릴까 봐 마음 졸였다가 오광두의 관심이 자신들의 머리털이 아니라 정학을 당하고도 겁 없이 학교 앞에 나와 서 있는 아이한테 쏠려 있는 걸 알고는 기회다 싶어 내빼는 모양이었다. 나는 오광두가 한 발짝 한 발짝 다가오는 것을 보자 조마조마했다. 반가웠던 마음은 흔적도 없이 사라져 버렸다. 나는 두려운 속마음을 드러내지 않으려고 피켓을 더 단단히 쥐며 앞만 똑바로 쳐다봤다.

"송일호."

오광두는 내 앞에 바짝 선 뒤 내 이름을 조용히 불렀다.

"네."

"괜찮냐?"

나는 오광두의 예상하지 못한 말에 흠칫 놀랐다. 괜찮냐는 것은 누군가가 처한 상황을 이해하고, 동조하며, 공격하지 않겠다는 우호적인 태도를 표현하는 말이다. 내가 알기로는. 오광두의 목소리는 변함없이 차분했다.

"이렇게까지 해야 되겠냐? 무조건 치닫는다고 목적지에 닿을 수 있는 건 아냐. 숨고르기를 할 줄도 알아야 해. 이만큼 했으면 충분해. 이제 돌아가라."

"……."

"송일호!"

오광두의 얼굴이 괴상하게 일그러졌다. 그것은 화를 내는 것도, 웃는 것도, 애원하는 것도 아닌 표정이었다. 그건, 그냥 괴상했다.

"일호야. 어서 돌아가. 다 너를 위해서야. 이건 네가 해결할 수 있는 게 아냐."

오광두의 목소리는 표정과 달리 아버지처럼 부드럽고 다정했다. 그 목소리는 단단하게 굳혀 놓은 내 마음을 어루만져 흐물흐물하게 만들었다. 나는 아직 여름 해가 들지 않은 서늘한 내 방 바닥에 누워 있고 싶은 마음이 일었다. 피켓은 오광두에게 내놓고 당장 이 곳을 떠나고 싶었다.

그렇지만 출근길에 벌써 얼굴을 험상궂게 구기고 잰걸음으로 다가오는 매독과 눈이 마주치는 순간, 나는 정신이 번쩍 들었다. 내가 왜 이 곳에 서 있어야 하는지 생각난 것이다. 두발 규제가 '학생들은 육체와 정신이 성숙하지 않아 어른들에게 통제받아야 하는 존재'라는 것을 알려 주는 상징적인 행위이듯이, 나는 두발 규제를 폐지해 학생들도 스스로 생각하고 판단할 수 있으며 행동한다는 것을 보여 주고 싶었다. 나는 두 다리에 힘을 주고 더 꼿꼿하게 섰다. 나는 다가오는 매독을 보며 아침 일찍 나오는 내 등을 쓸어 주던 아버지를 생각했다. 나를 믿어 주는 아버지가 있다는 건 슈퍼맨과 친구인 것보다 더 좋았다.

나는 매독이 온갖 험한 말을 쏟아 내도 참아 냈고, 내 피켓을 빼앗아 바닥에 내동댕이쳤을 때도 당황하지 않았다.

"송일호! 너희 집 이발소 한다며. 이발소 집 자식이 이래서 되겠냐? 이발소 매상이라도 올리려면 네가 나서서 애들 머리 자르라고 독려해야 할 판에, 이게 뭐 하는 짓이야?"

피켓을 발로 밟고 선 매독의 빈정거리는 말투에 나는 피가 거꾸로 솟는 느낌이 무엇인지 알았다.

"이 자식아, 너희 할아버지를 생각해 봐! 너 이러는 거 보시면 얼마나 기가 막히시겠냐. 도대체 너희는 왜 자기들 생각밖에 못하냐!"

매독이 침을 튀겨 가며 한 말에 나는 머리로 몰린 피가 터져 나가는 것 같았다. 다행스럽게도, 아니 비굴하게도 눈물이 대신 터져 나왔다. 매독은 내가 울자 멈칫했고, 오광두는 말없이 둘을 바라보다 학교로 들어갔다. 매독은 내 가슴을 손가락으로 찌르면서 협박했다.

"또 한 번 나타나면 그 때는 집시법 위반으로 경찰을 부를 테다!"

매독은 피켓을 들더니 반으로 뚝 접어 내 발 아래로 내던진 뒤 유유히 교문 안으로 사라졌다. 학교에 오던 아이들의 웅성거림이 커졌고, 우리 반 아이들 몇 명은 다가와서 괜찮냐며 위로를 하기도 했다. 나는 아이들 앞에서 눈물을 쏟은 것이 부끄러워 얼른 눈물을 훔쳤다. 그리고 반으로 접힌 피켓을 집어들며 다시 생각해 보았다.

나는 할아버지를 욕되게 하는 걸까? 손님의 머리를 단정하게 깎은 뒤 뿌듯해하는 할아버지의 모습이 눈에 어른거렸다. 내가 나만 생각한 이기적인 행동을 하는 걸까? 아니, 아니다. 할아버지는 종종 이렇게 말씀하셨다.

"일호야, 뭘 하든 사람은 자신이 하는 일에 자부심이 있어야 한다. 네 선대 할아버님들은 조선 최고 이발사라는 자부심이 대단하셨다."

나는 반으로 접힌 피켓을 양손으로 똑바로 펴서 다시 들고 섰다. 그리고 피켓을 든 손에 힘을 주며 중얼거렸다.

"나도 내 일에 자부심을 가져야 해. 할아버지도 그걸 바라실 거야."

나는 이발소에서 손님 맞을 채비를 할 할아버지를 떠올리며 가만히 고개를 숙였다.

'할아버지, 언젠가는 제 행동을 이해하게 되실 거예요.'

그런데 내가 피켓을 다시 들고 설 때 할아버지는 이발소에 있지 않았다. 그 때 할아버지는 큰 싸움에 휘말려 들고 있었다. 평소 혼잣말이라도 상스런 말을 입에 올리지 않을 뿐만 아니라 나이 고하를 막론하고 존대를 하여 점잖기로 소문난 태성이발소 송명관 옹이 뛰어든 이 싸움의 진원지는 백여 년 전 종로이다. 내 조상인 태성이발소의 이발사들이 자부심을 키웠던 바로 그 곳.

종로에 처음 뿌리를 내린 사람은 내 고조할아버지였다. 체두관 직을 성실하게 수행하던 고조할아버지 송수복 옹은 1901년 봄 일생일대의 전환기를 맞게 되는데, 그 당시 정3품 당상관이라는 직책의 고위 관리 안종호의 눈에 띄어 종로에 문을 연 우리나라 첫 이발소의 이발사가 된 것이다. 안종호가 누군가 하면 18세에 장원급제한 수재로 개화파와 뜻을 같이하며 단발령을 주도한 양반이다. 다른 양반들이 양반과 상놈의 구별을 없애는 단발령에 반대하여 죽음도 불사할 때, 이 양반은 붓 대신 바리캉을 들고 이발을 배워 고종의 상투를 직접 자르고 줄줄이 왕손들의 머리를 이발하였다. 그 뒤 조선 백성의 보건 위생뿐만 아니라 개화사상과 신문화운동을 이끌어 갈 방역회를 조직하고 종로에 이발소까지 세웠으니, '이용후생'을 주장하던 개화파의 이상을 비로소 실현했다고 할까.

아무튼 내 고조할아버지는 개화파가 득세하는 동안 조선 남자들의 머리를 쥐락펴락하는 안종호에게 발탁되었다. 고조할아버지가 후대 이발사들에게 남긴 말로 "한양 저잣거리에서 체두관 송수복의 가위를 거치지 않은 상투가 없다."고 할 만큼 두드러진 활약으로 이미 자신의 이름이 궁궐까지 퍼져 안종호가 몸소 찾아와 "조선의 개화가 송 체두관에게 달려 있소. 내일부터 당장 태성이발소로 나와 머리를 깎으시오."라고 했다는 것이다. 하지만 고조할아버지와 안종호의 인연은 내 고조할머니가 그 며느리들에게 남긴 말이 더 신빙성이 있다.

고조할머니의 증언은 이런 것이다. 체두관 송가가 저잣거리를 설치고 다니며 닥치는 대로 상투를 자르니, 양반이고 중인이고 상놈이고 체두관 송가를 손가락질하며 욕하지 않는 자가 없어 체두관 송가의 무례함을 벌하라는 상소가 오르기도 했다. 백성들은 임금이 뭐라고 하였든 상투를 자르는 것은 개화가 아니라 일본에게 가위를 쥐여 주고 나라를 망치게 하는 거라 믿었으니, 체두관 송가의 의욕 넘치는 행동이 곱게 보일 리 없었다. 그 뒤로 방역회에서 체두관들을 불러 행실을 조심시켰는데, 마침 방역회를 순찰하러 나온 당상관이 맨 앞에 서 있던 사람을 불러 일본 선진 이발 기술을 배워 보라고 한 것이다. 당상관이 바로 안종호고, 앞줄에 선 운 좋은 사람이 내 고조할아버지였다는 얘기다.

　가위질을 잘했든 줄을 잘 섰든, 고조할아버지는 안종호를 만나 완전히 인생 역전을 이뤘다. 체두관 직이라고 해 봤자 하단 말직으로 고종이 단발령을 시행하면서 급하게 만든 것이라서 녹봉이라고 해야 보잘것없었을 테고, 그나마도 나라가 침몰하기 직전이니 제대로 녹봉을 받지 못해 가위질을 아무리 해도 집에 있는 처자식은 빈 손가락만 빨고 있었을 것이다. 그런데 이발사가 되어 비바람 막아 주는 지붕 아래서 편안히 가위질을 하여 수입의 일부를 받게 되었으니 중인 출신으로 쥐구멍처럼 옹색한, 내세울 것 없던 집안에 볕들 날이 온 것이다. 게다가 이발소를 찾아오는 이들 대부분이 일본에 빌붙어 돈과 권세를 지켜 보려는 이들이니 더는 머리 깎으면서 '역적 놈'이라는 욕을 듣지 않아도 되었다.

　고조할아버지는 안종호가 데려온 일본 이발사에게 몇 달 동안 이발 기술을 배웠는데, 그 동안 상투를 잘라 온 경력이 도움이 되었는지 본래 눈썰미가 있었는지, 이발 기술이 일취월장하여 그 이듬해 봄에는 태성이발소를 혼자 맡게 되었다. 고조할아버지는 이발 기술을 개화파 청년들이 바다 건너가서 배워오는 신학문과 다를 바가 없다고 여겨 이발사 가운 입는 것을 명예롭게 생각하였다. 이발사 가운을 의사 가운쯤으로 생각한 것이다. 중세 유럽에서 이발사가 의료 활동도 했다지만, 고조할아버지의 자부심은 지나친 면이 없지 않았다.

고조할아버지는 안종호에게 2백 원을 주고 이발소를 양도받은 뒤에는 최초 이발소의 최고 이발사로서 의무를 다하느라 최선을 다했다. 개화한 이발사로서 무지몽매한 백성들을 계몽해야 한다는 책임을 통감하여 이발소 한쪽 벽에 '머리 깎아 보건일류로 서양을 이기자!'라는 글까지 써서 붙이기에 이르렀다. 고종이 "백성들이여, 너희가 다 아는 바와 같이 내가 한때 친일 세력 놈들의 강압에 못 이겨 상투를 자르라고 하였다. 그들을 궁에서 몰아냈으니 머리는 너희 마음대로 하라."며 단발령을 거둬들인 뒤에도 고조할아버지의 가위는 멈추지 않았다. 도리어 가게 문 앞에 '상투 짜 줌'이라고 써 붙이고, 상투를 고수하겠다는 사람들의 주머니까지 털어 태성이발소는 날로 번창하였다. 워낙에 나랏일이라면 열 일 제치고 추종하던 송수복 이발사는 '태성이발소의 발전이 곧 나라 발전'이라는 참으로 갸륵한 기업 이념을 갖게 되었다.

고조할아버지의 기업 이념은 증조할아버지가 계승했다. 태성이발소 2대 이발사 송영식은 이미 17세에 아버지를 뛰어넘는 이발 솜씨로 일본인들까지 홀딱 반하게 하면서 가게를 확장해 이발사를 일곱 명까지 채용했다. 증조할아버지는 365일 이발소를 열면서 단 하루도 빠지지 않고 이발소를 지켰다. 태성이발소가 위치한 종로에서는 한국 역사책에 남을 만한 숱한 일들이 일어났지만, 증조할아버지는 이발사의 직분에 충실하느라 참여하지 못했다. 만세운동이 일어났을 때도, 조선총독

부가 경복궁을 허물어 조선박람회를 열었을 때도, 광복이 되었을 때도 증조할아버지는 이발소에서 이발에만 전념하였다. 뒷날 증조할아버지는 아들에게 "내 가위질이 나라를 되찾는 데 일조했다."고 하였지만, 어떻게 도움을 줬는지는 전하지 않았다. 이발소가 번창하여 광복이 되었을 리는 만무한데 말이다.

나는 일제 시대를 산 사람들은 다 독립운동가인 줄 알았던 초등학교 때 할아버지에게 이렇게 물은 적이 있었다.

"할아버지, 고조할아버지나 증조할아버지는 어디서 독립운동을 하셨어요?"

"그게 말이다, 두 분은 일본 사람들의 돈을 많이 벌어들였단다. 이 이발소에서 말이다."

나는 할아버지 말에 적잖이 실망했다. 독립운동가들이 만주와 중국을 종횡무진 누비며 일본군에게 총을 겨눌 때 작은 가위로 일본 사람들의 주머니를 턴다는 건 너무 시시했다. 내가 실망하는 것 같으니까 할아버지는 증조할아버지가 일제시대 때에는 그 시대에 유행한 '하이카라 머리'를 가장 잘 깎는 이발사로, 미국 군정 때에는 그 때 유행한 미군 머리인 일명 '모판 머리'를 가장 잘 깎는 이발사로 이름을 날렸다고 말했다. 하지만 아무래도 나는 내 조상이 자랑스럽지 않았다.

내가 어떻게 생각하든 증조할아버지가 한국 이용사에 큰 발자취를 남긴 것은 확실하다. 증조할아버지는 '사회의 변화를 선도하는 태성이발소!'라는 새로운 기업 이념을 세우고 좀더 적극적으로 역사에 뛰어들었다. 미국 유학생 출신 이승만이 대통령에 오르자 미국 잡지를 구해 미국 남성 헤어스타일을 연구하여 일명 '어메리칸 스타일'이라는 새로운 모양을 만들어 냈고, 박정희가 정권을 잡자 군인 머리와 같은 짧은 스타일의 머리를 유행시키려 했다. 증조할아버지는 나중에 크게 유행한 맘보 머리나 상고 머리가 다 자신이 처음 고안한 머리에서 발전한 것이라고 하였다 한다.

  증조할아버지의 사회 참여 활동은 머리 스타일에서 그치지 않는다. 광복 이듬해 '전국이용사연합회' 창립을 주도한 경험으로 1962년 '서울지역이발사국가재건모임'을 꾸리고 스스로 수장의 자리에 올라 박정희 대통령 지지 활동을 하였다. 이발사들이 국가 재건을 위해 무엇을 했는지는 모르지만, 증조할아버지는 그 모임을 대표해 서울시장 표창장까지 받았다. 그 뒤 증조할아버지는 박정희 대통령을 존경하다 못해 흠모해 대통령 전속 이발사가 되는 꿈을 키웠으나, 그 때 증조할아버지의 나이 일흔을 앞두고 있었으니 실현 가능한 일은 아니었다. 결국 증조할아버지는 꿈을 이루지 못한 채 이발소에 박정희 사진을 걸어 놓고 아침저녁으로 올려다보는 것으로 만족하다가 새마을운동이 시작되기 전에 돌아가셨다. 증조할아버지는 숨이 끊어질 무렵 아들인 송명관에게 이런 유언을 했다고 한다.

"태성이발소를 네가 반드시 지켜야 한다. 우리나라 이용 역사가 여기서 시작되었다. 태성이발소를 지켜 국가 재건에 밑거름이 되도록 해라."

증조할아버지는 자신이 존경해 마지않던, 17년 동안이나 국가 재건을 위해 대통령 자리를 굳건하게 지킨 사람도 하지 못한 거창한 유언을 아들에게 남기고 의연하게 세상을 떠난 것이다.

역사에도 정사가 있고 야사가 있듯, 태성이발소도 이발사들의 정사와는 딴판인 이발사 부인들의 야사가 대대로 전해져 내려왔는데, 증조할아버지 유언 부분도 야사는 좀 다르다. 증조할아버지의 며느리인 우리 할머니는 그 때 상황을 이렇게 전달하였다.

"오십이 넘어서는 이발소를 아들에게 맡기시고 밖으로만 도셨어. 이용사연합회 일 하랴, 서울지역이발사 모임 하랴 워낙에 공사다망하신데다 나라에서 하는 일까지 따라나서느라 바쁘셨지. 거기가 어디냐, 그래, 장충체육관 다 짓고 개관식에 한번 초대받으시더니, 나라에서 뭐 건물을 세운다, 다리를 놓는다 하면 기를 쓰고 자리를 얻어 참석하셨으니까. 정정하시던 분이 병이 난 것도 구로에서 열리는 무역박람회 갔다 그런 거 잖여. 거기서 허리를 삐끗하신 뒤로 꼼짝 못하고 누워 계시다가 그냥 힘없이 가셨어. 팔팔하던 사람이 앓아누우니까 당장 죽을 것 같았는지 겁을 무척 내셨지. 그래도 반년은 누워서도 진지도 잘 드시고 그랬어. 그 유언이란 건 아버님이 앓으면서부터 열심히 생각하신 거여. 만날 갖고 다니시는 수첩에 유언을 빼곡하게 적어 놓으시고는 가끔 나한테 어떤 게 좋냐고 묻기도 하셨으니께. 아마 그 중에 그게 제일 마음에 드셨는지 다른 건 다 지우고, 그것만 남겨 놓으셨더라고. 돌아가실 때는 아침 잘 드시고는 좀 졸리다 하시더니 그대로 가셔서 유언이고 뭐고 못하셨지."

증조할아버지가 태성이발소 장부를 만들어 수십 년 동안 이발소 재무 기록을 남기고, 시시콜콜한 일까지 다 적어 놓은 것을 보면 유언도 꼼꼼하게 적어 가며 정했다는 야사 쪽을 더 신뢰할 수 있다.

어찌 되었든 태성이발소 3대 이발사 송명관 옹은 아버지의 유언에 따라 태성이발소를 지키며 국가 재건에 이바지하려고 노력하였다. 하지만 세상이 변하여 국가 재건은 둘째 치고 이발소를 지키는 일조차 힘들게 되었다. 나라에서는 새마을운동으로 삼천리 강산을 모조리 깎고 밀고 정리하는 판에, 엉뚱하게 청년들 사이에서 장발이 유행하면서 이발소가 큰 타격을 입은 것이다. 나라에서는 경찰을 동원해 장발을 단속하였지만, 이미 대세를 꺾을 수는 없었다. 이발소를 먹여 살리던 청년들은 경찰의 가위를 피해 이발소가 아니라 미장원으로 뛰어들어갔다. 손님을 빼앗긴 이발소들은 궁여지책으로 남자들을 유혹할 안마사들을 고용하여 음지로 숨어들기 시작했다. 이발사가 아니라 안마사의 실력으로 이발소의 사활이 결정되었으니, 군부 독재가 민주주의의 싹을 쳐내던 이 시기가 한국 이용 역사에서도 암흑기였다.

태성이발소 3대 이발사는 고용했던 이발사들을 내보내고 이발소 규모를 줄이면서 버텨 나갔다. 다행히 오랜 단골들이 최초 이발소의 명맥을 그런대로 유지시켜 주었지만, 종로에 젊은 사람들을 상대로 하는 유흥업소가 우후죽순으로 생기면서 그나마도 손님의 발길이 점점 뜸해졌다. 송명관 옹은 종로에서 옛날 이발소가 살아남기 어렵다는 것을 깨닫고 결단을 내렸다 한다.

"태성이발소 이발사들은 시대의 변화를 거스른 적이 없다. 종로는 새로운 바람에 맡겨 두고, 우리가 떠나자! 태성이발소의 명맥을 이으려면 하루라도 빨리 떠나야 한다."

할아버지는 망설임 없이 태성이발소 간판만 들고 종로를 떠나 살림집이 있는 마포로 옮긴 것이다. 태성이발소 야사를 이끌어 온 할머니는 이 일을 두고두고 분하게 생각했다.

"그 때 그냥 조금만 더 있었으면 땅값이 천정부지로 뛰어서 지금 돈방석에 앉아 있을 겨. 그게 무슨 방정이여. 허세 부리다가 다 말아먹었지 뭐. 시아버지란 사람은 나라에서 자식 하나만 낳아 잘 키우라고 했다고 손자 하나로 되었다며 자식 복을 줄이더니, 남편이란 사람은 시대 변화에 따라야 한다며 굴러 들어 온 돈복을 차 버리고……. 돈 생각하면 이발소 안 지키는 게 백 번 낫지. 이발소가 무슨 큰 보물단지라고. 요즘 세상에 이발 그거 몇 분이면 뚝딱 해치우는 것 봐. 햄버거 먹는 것보다 쉬운 걸 가지고 가업을 잇느니 마느니. 괜히 하나밖에 없는 자식한테도 이발 기술 배우라고 해서 집이나 나가게 하고."

할머니는 할아버지에게 푸념할 때마다 그 때 일을 도마 위에 올려놓았지만, 할아버지는 자신의 선택을 단 한 번도 후회하지 않았다.

"우리 이발소를 옮긴 것은 나라를 위해서도, 우리 이발소를 위해서도 잘한 일이다."

할아버지의 믿음은 종로 태성이발소 이발사들로부터 비롯되어 백 년 동안 뿌리를 내린 것이라서 결코 흔들리지 않았다. 할아버지는 증조할아버지처럼 나랏일에 발 벗고 나서지 않더라도 나라의 발전을 위한 일이라면 적극 동참해야 한다고 믿었다.

그래서 도원동 일대에 재개발 바람이 불어 동네 사람들이 재개발 반대와 찬성으로 양분되자, 할아버지는 당연히 찬성파에 합류했다. 이발소를 다른 곳으로 옮기더라도 나라에서 하는 일이니 따르겠다는 것이다. 재개발로 큰 이익을 볼 거라는 계산 때문이 아니었다. 할아버지는 순수한 애국심으로 재개발을 찬성했다.

"나라를 위해 하는 일이니 반대를 해서야 쓰겠습니까? 우리가 따라야지요."

할아버지는 동네 주민 회의에 나갔을 때 자신의 소신을 당당하게 밝혔다. 그러자 반대하는 쪽에서 발끈하였다.

"어르신, 나라에서 하는 일이라니요? 재개발이야 다 건설업체들 배불려 주는 겁니다."

"나라에서 깨끗한 서울을 만들겠다는 거 아닙니까?"

"어르신 참 답답하십니다. 나라에서 하는 일은 다 따라야 합니까? 나라에서 우리한테 뭘 해 준 게 있다고요."

"나라 없이 국민이 있을 수 있나요."

할아버지의 발언은 재개발을 반대하는 사람들을 자극했다. 그 자리에 있었던 아버지는 그 때 할아버지가 곧 깨어질 살얼음판에 서 있는 것처럼 보였다고 한다. 그 얼음판을 깬 것은 철물점 아저씨였다. 철물점 아저씨는 곱슬머리라서 조금만 머리가 길어도 지저분하다며 자주 우리 이발소를 찾는 단골이었지만, 그 상황에서는 아무 소용이 없었다. 어제까지 너나들이 하던 이웃사촌들이 하루아침에 내 편 네 편 패를 갈라 등을 돌렸다.

철물점 아저씨는 느긋하기만 한 이발사가 마뜩하지 않은 사람들을 대표하여 말했다.

"어르신, 괜히 혼자 나라 위하는 척하실 것 없습니다. 어르신이야, 가게도 집도 다 자기 것이니 재개발 된다고 해도 손해 보실 게 없잖습니까. 그러니 당연히 찬성하시겠지요. 아무리 그래도 연세 있으신 분이 없는 사람들도 생각해 주셔야지요."

철물점 아저씨 말에 할아버지 얼굴은 얼음물에 빠진 사람처럼 하얗게 질렸는데, 아버지는 할아버지의 그런 모습을 처음 보았다고 한다. 할아버지는 입술만 바르르 떨다가 한참 만에 입을 열었다.

"척이라니……. 내 말은 나라 뜻을 거스를 수 없다는 말이지요. 내가 내 욕심 챙기려고 그러는 것이 아니라……."

"어르신, 됐습니다. 에둘러 말하실 거 없어요. 우리가 집 가진 사람들 속 모르겠습니까? 어르신 같은 분들이야 여기 새 아파트가 들어서면 입주 안 하더라도 낡은 집 비싸게 파시고 크게 남는 장사 하는 거 아닙니까? 그런 걸 가지고 나라를 위한다 어쩐다, 아니 그럼 우리들은 나라 망치려고 이럽니까? 어르신은 독립운동가고, 우리는 친일파냐고요. 우리도 다 나라에 제대로 세금 내고 삽니다!"

"아니, 아무리 화가 나도 어떻게 그런 말을 할 수 있나. 사람이 예의를 지켜야지."

할아버지는 철물점 아저씨가 말을 뚝 자르자 목소리를 높였지만, 철물점 아저씨의 목소리를 당할 수 없었다.

"어르신, 제가 어떻게 했다고 예의 운운하십니까? 세 들어 사는 사람은 예의도 저당 잡히고 사는 줄 아십니까? 제가 뭘 어쨌다고 사람을 막돼먹은 놈 취급하시는 겁니까?"

자칫 잘못하다가는 낭떠러지 끝에 내몰린다고 생각하는 사람들은 본능적으로 발톱을 세우기 마련이다. 철물점 아저씨의 발톱은 할아버지가 아니라 가진 사람들에게는 너그럽고, 못 가진 사람들에게는 야박하게 구는 세상을 향한 것이었다. 그 자리에 있는 사람들이 그걸 모를 리 없었겠지만, 이미 적군과 아군으로 나뉜 싸움에서 이해와 양보의 미덕은 찾을 수 없었을 것이다. 철물점 아저씨의 고함에 만둣집 아저씨를 비롯한 재개발 찬성파 사람들이 발끈해서 일어났고, 재개발 반대파 사람들도 가만있지 않았다. 양쪽 싸움은 밀고 당기다 몸싸움으로까지 번졌다. 아버지는 얼른 뛰어들어 할아버지를 싸움 밖으로 밀쳐 냈는데, 엉겁결에 아버지 팔을 꼭 잡은 할아버지 손이 바들바들 떨렸다고 한다. 예의 바른 이발사로 칠십 평생을 살아온 할아버지에게 가장 모욕적인 날이었을 것이다. 할아버지는 무엇보다 자신의 신념이 왜곡되는 것을 견디기 힘들었을 것이다. 만약에 그 시각 손자는 학교 앞에서 굴욕을 당하며 피켓을 들고 시위하고 있다는 것을 알았더라면, 할아버지는 남은 인생을 미련 없이 접었을지도 모른다.

 할아버지는 승자는 없고 패자만 남은 싸움이 끝나고 사람들이 부랴부랴 그 자리를 떠난 뒤 한참 동안 맥없이 서 있다가 집으로 돌아오면서 몇 번이고 깊은 한숨을 내쉬었다. 그 뒤를 조용히 따르던 아버지는 할아버지의 헝클어진 머리와 닳아빠진 구두 굽을 보고는 자책감이 들었다고 했다.
 "아버지, 죄송해요."
 "……."

"제가 할 일들을 아버지께서……."

"긴 말 할 것 없다. 안 그래도 머리가 아프다."

"아버지, 이제는 주민 회의에 나가지 마세요. 자꾸 험악해질 테고……."

"무섭다고 피하면 이 세상 못 산다."

"……."

둘의 대화는 그렇게 집에 갈 때까지 끊어질 듯 말 듯 하면서 이어졌다고 한다. 아버지는 그 날 밤 침대에 누워 낮에 동네에서 벌어진 싸움을 생생하게 중계하고는 말했다.

"20년 만이다. 아버지와 얘기한 게."

할아버지와 아버지는 천천히 옛날 관계를 찾아 가고 있는 것처럼 보였다. 내가 피켓 시위를 하는 줄은 꿈에도 모르는 엄마도 나로 빚어진 노여움이 좀 누그러진 것 같았다. 엄마는 다시 아버지를 예의 바르게 대했고, 나에게는 인터넷 강의 하나를 더 신청해 줬다. 그것은 여전히 네게 기대를 걸고 있으니 실망시키지 말라는 뜻이었다. 밖은 온통 싸움판인데, 다행히 우리 집은 평화를 찾아갔다. 외부의 적이 나타나면서 내부의 결속이 다져진 것인지도 모른다. 하지만 우리 가족의 싸움이 공공의 적을 대상으로 한 것이 아니라서 언제든 가족 간의 평화가 깨질 수도 있었다. 할아버지는 나라의 법규를 따라야 한다는 쪽에 서 있었지만, 나는 학교의 법규를 못 따르겠다는 쪽에 서 있으니 할아버지와 내가 선 자리는 분명 같은 편 자리는 아니었다.

아침마다 할아버지와 나는 각자의 신념을 지키기 위해 세상으로 나갔다. 할아버지는 주민 회의에, 나는 학교 앞으로. 아버지는 할아버지에게는 '재개발을 반대하는 사람들의 말도 일리가 있으니 이번 일은 가만 계시다가 결정 나는 대로 따르시라'며 발목을 붙잡았고, 내게는 '더운 날 서 있다가 큰일 나니 이번 일은 복학한 뒤에 전교 회의 때 제안을 해 보라'며 내 팔을 잡았다. 아버지는 두 싸움 다 직접 나설 수 없는 것을 몹시 아쉬워했다.

"내가 도움이 안 되는구나. 아버지한테도, 아들에게도."

나는 아버지가 있는 것만으로도 든든하다는 말을 할 수도 있었지만, 쑥스러워 하지 못했다. 17년이라는 세월의 간극을 몇 주 만에 뛰어넘는 건 아무래도 무리였다. 나는 그냥 빙긋 웃고, 학교로 나섰다. 선생들이 정진이까지 끌어들일까 봐 정진이보다 일찍 나가려고 서둘렀다.

학교는 피켓 시위를 한 지 사흘째 되던 날부터 나를 교문 앞에 방치했다. 이틀째만 해도 담임이 나와 설득하고, 매독이 나와 악다구니를 쓰고, 오광두가 나와 조용히 타이르더니 사흘째 되던 날은 잠잠했다. 검은 승용차를 타고 학교에 들어가던 교장 선생님은 유리를 내려 나를 노려보고는 그만이었다. 다행히 아이들이 내게 따뜻한 관심을 보였다. 정진이 말고도 바지 주머니에 물휴지나 음료수를 슬쩍 넣어 주고 가는 아이들이 생겼다. 2학년 선배 하나는 '우리가 하고 싶었던 싸움을 떠넘긴 것 같아 미안하다'고 쓴 쪽지를 건네기도 했다. 그럴 때마다 부끄러우면서도 힘이 났다. 나는 등교 시간에 맞춰 나와 점심 시간까지 서 있었다. 겨우 네 시간 정도 서 있는 건데, 날이 더워져 보통 힘든 게 아니었다. 무엇보다 땀이 비 오듯 쏟아져 견디기 힘들었다. 얼굴이 땀에 뒤범벅되었고, 목은 햇빛이 닿으면 모래를 뿌려 대는 것처럼 따끔거렸다. 문방구 옆에 딸린 화장실에 갈 때마다 화장실 안에 붙어 있는 수도꼭지에 머리를 통째 들이밀어 찬물을 끼얹어도 햇빛 아래 나서면 금세 땀을 뒤집어썼다. 오래 전 엄마가 땀이 흘러 초라해 보일까 봐 걱정했듯이, 나도 같은 걱정을 했다. 지나가는 자동차 유리에 비친 내 모습은 물에 빠진 생쥐 같았다. 머리에서 쏟아지는 땀이 눈으로 들어가, 눈물을 흘리는지 땀물을 흘리는지 알 수 없을 때는 학교를 향해 이렇게 소리치고 싶었다.

"내가 언제까지 이렇게 서 있어야 하나요!"

나는 언제 끝날지 모르는 막막한 시간이 더 겁났다. 내가 흘린 땀으로 학교가 잠긴다고 해도 이 싸움이 끝나지 않을 것이라는 걸 나는 잘 알고 있었다. 하지만 포기할 수 없었다. 자부심을 가지라던 할아버지, 단단하게 크라던 엄마, 그리고 싸워서 얻어야 한다던 아버지. 나는 그들이 하거나 하지 못한 것을 내 몸으로 직접 경험하고 싶었다. 내 땀으로 세상을 다 잠기게 하더라도.

하지만 내 싸움은 그리 오래 가지 않았다. 할아버지로 인해 예상하지 못한 일이 벌어졌기 때문이다.

11

 할아버지는 다른 사람에게 그러듯 내게도 무뚝뚝했다. 할아버지는 어른들이 아이들에게 으레 하는 예쁘다, 잘생겼다, 장하다 따위의 곰살궂은 말을 해 주지 않았다. 내가 그런대로 말귀를 알아들을 때부터 할아버지는 나를 어른 대하듯 했다. 내가 지금껏 잊지 못하는 말은 밥투정할 때 할아버지가 한 말이다. 할아버지는 마루에 걸려 있는 커다란 시계를 가리키며 차분하게 말했다.
 "저 시계를 봐라. 가장 작은 바늘이 똑딱똑딱 움직이지. 가난한 나라에서는 저 작은 바늘이 똑딱 한 번 움직일 때마다 너만 한 애들 다섯 명이 굶어 죽는다더라. 봐라, 네가 밥을 놓고 먹기 싫다고 징징거리는 동안 밥을 먹고 싶어도 먹지 못하는 애들이 죽어 가고 있는 거야. 그러니 배부른 투정 하지 말고 어서 먹어라."

그 때 나는 다섯 살이었다. 굶어 죽는다는 것이 정확하게 무엇인지 몰랐어도 아주 끔찍한 일이라는 걸 알 수 있는 나이였다. 나는 그 말을 들은 뒤로 시계 초침이 움직이는 걸 볼 때마다 세상 어디선가 아이가 배고프다고 우는 것 같아 두려웠다. 그리고 늦은 밤 어두운 마루에서 들리는 초침 소리가 아이의 울음소리처럼 들려 공포에 질리기도 했다. 나는 한동안 똑딱똑딱 초침 소리가 크게 들리는 마루에서 밥을 먹지 못했고, 가끔 커다란 시계에서 오래 굶어 눈이 퀭한 아이가 뚝 뛰어내려 내 숟가락을 빼앗는 꿈을 꾸기도 했다.

할아버지는 그 뒤로도 할머니와 엄마를 경악하게 하는, 할머니 표현대로라면 인정머리 없는 말을 자주 했지만, 나는 할아버지가 좋았다. 할아버지 몸에 배어 있는 이발소 냄새도 좋았다. 그래서 나는 초등학교에 들어가기 전에는 이발소에서 노는 때가 많았다. 이발소 한쪽 구석에 있는, 스프링이 솜을 뚫고 튕겨 나온 부분을 헝겊으로 기운 소파가 내 책상이었으며 놀이방이었다.

일곱 살 때 어느 날 소파 위에서 집으로 배달되는 학습지 맨 마지막 장에 붙어 있는 곰 그림을 가위로 오려 내고는 아무래도 가위질이 서투르다는 생각에 소파를 기워 놓은 헝겊을 잘라 냈다. 그리고 다른 재질을 잘라 보고 싶은 욕망에 사로잡혀 소파의 가죽도 잘라 보았다. 할아버지는 손님 머리 위에서 가위질을 하느라 손자의 놀라운 가위질 솜씨를 보지 못했다. 나는 용기를 내서 소파 가죽을 비집고 나온 솜도 잘라 냈고, 소파 위에 가지런히 놓여 있던 신문도 오려 놓았다. 내가 가위질만으로 만들어 낸 작품은 얼마 뒤 이발소를 찾은 손님에게 발각되었는데, 그걸 본 할아버지의 표정은 몸서리치도록 무서웠다.

나는 할아버지가 소파 쪽으로 다가오려고 몸을 돌리는 순간 소파에서 뛰어내려 이발소 밖으로 뛰쳐나갔다. 다람쥐처럼 빨랐던 나는 다람쥐처럼 맨발이었다. 나는 할아버지가 쫓아올까 봐 아랫동네까지 가서 해가 떨어질 때까지 놀이터며 길을 헤매고 다녔다. 그런데 집에서 한참 떨어진 곳이라 어두컴컴해지자 집을 찾을 엄두가 나지 않았다. 나는 영영 집으로 돌아가지 못할까 봐 훌쩍훌쩍 울면서 어느 집 담벼락에 바짝 붙어 서 있었다. 깜깜해질수록 바람은 차가워져 눈물 콧물로 뒤범벅된 얼굴은 손바닥으로 맞은 것처럼 쓰라렸다. 내 울음소리는 점점 커져 갔다.

얼마나 울었을까, 어느 순간 익숙한 냄새가 밤바람을 타고 날아왔다. 콧물을 줄줄 흘리며 울면서도 나는 그 냄새를 맡을 수 있었다. 그것은 면도 비누와 난로 위에 올려놓은 물통과 깨끗하게 빨아 놓은 수건에서 나는 냄새가 뒤섞인 이발소 냄새였다. 나는 골목 끝에서 걸어오는 검은 그림자가 누구인지 알 수 있었다.

"할아버지!"

내가 울면서 할아버지에게 달려가자, 내 기억으로는 처음으로 할아버지가 나를 품 안에 넣어 꼭 감싸 줬다. 그 때 할아버지는 흰 가운을 그대로 입은 채였다. 할아버지는 들고 있던 내 신발을 땅에 내려놓은 뒤 내 발의 흙을 털고 신발을 조심스럽게 신겨 줬다. 나는 할아버지 손을 잡고 집에 돌아오면서 이렇게 물었다.

"할아버지, 왜 밖에 나올 때 이 옷을 입었어요? 이 옷은 이발소에서만 입는 거라고 했잖아요."

할아버지는 대답 대신 내 손을 더 힘껏 쥐었다.

내가 나흘째 교문 앞에 나가 서 있던 날은 몹시 더웠다. 아침부터 시뻘겋게 달구어진 해가 세상을 녹일 듯이 달려들었다. 바람은 불었지만 시원하기는커녕 오히려 여기저기서 데워진 뜨거운 열을 이리저리 옮겨 놓기만 했다. 손수건으로 땀을 열심히 닦았지만, 소용없었다. 이마에서 흐른 땀으로 피켓 종이가 얼룩졌다. '두발 규제 폐지'의 '폐'는 땀에 번져 '패'처럼 보이고, '학생 인권 보장' 쪽은 땀에 젖은 손 때문에 문드러져 '장'이 반만 남았다. 두발 규제로 패지 말고, 인권은 반이라도 보장해 달라고? 나흘 만에 내 몸도, 피켓도 만신창이가 되었다. 나는 자꾸 힘이 빠지는 팔을 추스르며 1학년 1반 교실 쪽을 물끄러미 바라보았다. 목요일 넷째 시간이라면 수학을 공부하고 있겠구나 싶으니까 울적했다. 정진은 학생들 전체가 겉으로 드러나지 않게 나를 응원하고 있다고 했지만, 아이들은 수학 문제를 풀고, 영어 단어를 외우고, 국어 책을 읽다가 아주 잠깐 틈이 날 때만 나를 떠올릴 게 뻔했다. 나도 그냥 학교 안으로 뛰어 들어가 내 책상에 앉아 공부하고 싶었다. 아, 도대체 나는 왜 머리털에 집착하게 된 건가. 나는 한 손으로 얼마 전에 또 깎아서 바짝 짧아진 머리털을 쓱쓱 쓰다듬었다. 그때 갑자기 누가 내 한쪽 팔을 확 움켜쥐었다. 나는 소스라치게 놀라 뒤를 돌아보았다. 그 짧은 시간, 섬광처럼 떠오른 것은 집회 및 시위에 관한 법률을 위반한 죄로 경찰을 부르겠다던 매독의 말이었다. 가슴이 철렁 내려앉았다.

"일호야!"

그런데 내 팔을 잡은 사람은 경찰이 아니라 할아버지였다. 할아버지의 눈은 커지다 못해 안으로 푹 꺼져 들어가는 것 같았다. 나는 너무 놀라 피켓을 툭 떨어뜨리고 말았다. 할아버지의 눈길은 내 발 아래 피켓을 따라갔다. 두발 규제 폐지, 학생 인권 보장. 할아버지가 눈으로 열두 자를 읽는 순간이 두꺼운 장편 소설을 읽는 시간보다 길게 느껴졌다.

"너 여기서 뭐 하는 거냐?"

할아버지의 눈길이 다시 내게로 돌아왔을 때, 나는 땀이 아니라 식은땀을 흘리고 있었다. 할아버지의 목소리가 추운 곳에 있는 사람처럼 떨렸다.

"뭐 하고 있냐고 묻잖니."

"할아버지……."

나는 어떤 대꾸도 할 수 없었다. 눈앞이 캄캄했다. 할아버지는 아무 말 없이 피켓을 주워 들고는 몸을 돌려 걸었다. 그제야 나는 할아버지가 외출할 때만 꺼내 입는 양복 차림인 걸 알았다. 할아버지의 진한 청색 여름 양복은 특별한 날이 아니면 바깥세상을 구경하지 못했다. 나는 머뭇거리다가 할아버지 뒤를 따르면서 도대체 어떻게 할아버지가 내 앞에 나타난 건지 헤아려 보았다.

나중에 안 사실이지만, 할아버지가 나를 만나게 된 것은 우연이었다. 할아버지나 나나 뜻하지 않은 일이었던 것은 분명하다. 그렇지만 어떻게 보면 결국 완벽한 우연이란 있을 수 없다. 이를테면, 그 날 할아버지가 다른 길을 놔두고 굳이 우리 학교 앞을 지난 것은 손자가 다니는 학교를 담장 밖에서라도 넘겨다보려 하셨기 때문이었으니, 할아버지와 내 만남의 우연에는 50%의 필연이 가담해 있다. 성분 함량으로 그 성질을 규정하자면 우연이 아니라 '우필연'이라고 해야 한다.

할아버지가 '우필연'으로 학교 앞을 지난 것은 도원동 재개발 문제 때문이었다. 아침 일찍 재개발 찬성파 모임에 가시던 할아버지는 갑자기 생각을 바꿔 마포 구청으로 발길을 돌렸다. 할아버지는 나라에서 하는 일이니 조금 손해를 보더라도 재개발을 해야 한다고 생각하면서, 그래도 설마 나라에서 주민 모두에게 적절한 보상을 해 주겠지 싶었다. 그런데 재개발 반대파 사람들이 몇 십 년을 살아온 고향 같은 동네를 빈손으로 떠나게 되었다는 말이 자꾸 걸렸다. 할아버지는 자신의 신념과 나라에 대한 믿음을 직접 확인하고 싶었고, 구청이라면 속 시원하게 설명해 줄 거라고 생각한 것이다.

할아버지는 동네 앞길에서 마을버스를 타고 구청으로 가다가 우리 학교 앞을 그냥 지나치고 나서 속으로 아쉬워했다. 손자가 다니는 학교인데, 행여 손자가 보이지는 않을까 싶었던 것이다. 그 시각에 나는 교문 앞에 서 있었지만, 버스 안에서 노인의 시력으로 알아보기는 힘들었을 것이다. 할아버지는 학교 본관 건물 꼭대기의 뾰족한 지붕을 보며 돌아오는 길에는 슬슬 걸어서 담장 밖에서라도 학교 안을 구경하리라 마음먹었다. 365일 이발소 문을 여는 할아버지는 외출하는 일이 드물기 때문에 멀찌감치 서서 학교를 바라보는 일도 처음이었던 것이다.

할아버지는 구청에 가서 일을 금방 끝내고 나올 줄 알았다. 하지만 구청은 거대한 비닐 같은 곳이었다. 사람이든, 소리든, 다른 무엇이든 그 곳에서는 겉돌았다. 할아버지가 재개발 문제를 알아보러 왔다고 하자 안내 데스크에 있던 남자는 할아버지를 민원봉사과로 보냈고, 민원봉사과는 주택과 직원을 불러 줬고, 그 직원은 다시 도시계획과에 알아봐야 한다고 했으며, 도시계획과 과장은 건축과가 잘 알 것이라고 했다. 할아버지는 두 시간 동안 네 번이나 장소를 옮겨 다녔고, 아홉 번이나 같은 말을 반복해야 했다.

"우리 도원동이 재개발을 한다고 들었습니다. 재개발을 하면 동네 주민들이 다 제대로 보상을 받겠지요? 우리 동네 사람들은 거의 이 동네에서만 1, 20년을 산 사람들입니다. 뜨내기는 없지요. 그러니 세입자들이라도 보상이 제대로 나오겠지요?"

할아버지의 질문에 몇 사람은 정확히 모르겠다고 고개를 내저었고, 몇 사람은 자료를 뒤적이면서 재개발 사업 업체마다 다르다는 뻔한 대답을 했다. 할아버지가 두 시간 반 동안 알아낸 것은 겨우 세입자의 보상이 많지 않다는 것과 다른 지역에서는 '세입자대책위원회'를 만들어 따로 보상 문제를 협상했다는, 도원동 주민이라면 초등학교 애들도 알 만한 것뿐이었다. 나라에서 세입자들을 보호할 것이라고 믿어 의심하지 않았던 할아버지는 구청을 나오면서 맥이 빠졌다. 재개발을 하게 되면 개발 이익은 건설업체가 챙기고, 영세한 주민들은 살던 집마저 빼앗겨 여기저기 떠도는 신세가 될 거라는, 나라에서는 그런 것을 뻔히 알면서도 모르는 체하며 건설업체가 떨어뜨리는 떡고물이나 탐낼 것이라던 재개발 반대파 주민들의 말이 사실인 것처럼 보였다.

구청에서 나와 뜨거운 햇빛 아래 선 할아버지는 재빨리 그곳을 벗어나고 싶어 걸음을 재촉했다. 할아버지는 재개발 문제를 둘러싸고 옥신각신하던 동네 사람들의 말을 하나하나 떠올리며 순진한 소리만 한다고 자신을 탓하던 목소리를 끄집어냈다. 할아버지는 그 말이 딱 들어맞는 것이 속상해 침울해졌다. 마침 우리 학교 담장 아래까지 온 할아버지는 교문 앞으로 가 교문 창살 사이로 조용한 학교를 들여다보았다. 할아버지는 교실 창문들을 훑으면서 우리 손자가 저기 어디선가 열심히 공부하고 있겠구나 생각하니 마음이 좀 가벼워졌다. 그런데 집으로 가려고 발걸음을 돌리다가 교문 앞 한 귀퉁이에서 뭔가 들고 서 있는 학생이 눈에 들어왔다. 할아버지는 저 학생은 수업에 안 들어가고 뭐 하나 싶어 쳐다보았는데, 낯익은 머리 모양에 소스라치게 놀랐다. 땀을 줄줄 흘리면서 피켓을 든 채 땅바닥을 내려다보고 있는 학생에게 다가가면서도 자신이 잘못 본 것이라고 생각했을 것이다. 솜씨 비슷한 이발사가 있을 거라고…….

할아버지는 집에 도착할 때까지 아무 말도 하지 않았다. 나는 앞으로 벌어질 일에 대한 공포감으로 땀조차 흐르지 않았다. 할아버지는 이발소에 들어서자마자 대신 이발소를 지키고 있던 아버지 앞에 피켓을 딱 소리 나게 내려놓았다. 아버지는 피켓과 할아버지 뒤를 따라 들어온 나를 보고는 놀라 입이 벌어졌다.

"네 놈 짓이지?"

할아버지가 아버지를 매섭게 노려보면서 소리쳤다. 아버지는 나를 보며 걱정하지 말라는 듯 눈을 끔벅였다.

"네 놈이, 네 놈이 기껏 와서 멀쩡한 자식 놈을……."

할아버지는 당장이라도 아들에게 달려들어 닥치는 대로 때리고 싶은 것을 참는 듯 주먹 쥔 손을 부르르 떨었다. 아버지는 고양이 앞에 쥐 신세가 되었는데도 태연했다.

"아버지, 그게……."

"우리 집안에서 세상 삐딱하게 보고 반항하는 놈은 너 하나로 족해. 너 없는 동안 우리 일호, 문제 한번 안 일으키고 잘 컸다. 일호는 네놈하고 달라. 부모도 모르고 저만 생각하는 네놈하고는 다르다고. 20년 동안 전화벨이 울릴 때마다 가슴이 철렁철렁 내려앉았다. 네가 어떻게 됐다고 어디서 연락하는 것만 같아서. 네놈이 부모를 발톱에 낀 때처럼만 여겼어도 그렇게 못해. 그런데 너 하나 그렇게 살았으면 됐지, 멀쩡한 네 자식은 왜 건드려 놔, 건드려 놓길!"

할아버지는 피켓을 손으로 들춰 아버지 쪽으로 밀치며 더 크게 소리쳤다. 아무렇지 않게 받아들이던 아버지도 차츰 난감한 표정을 지었다. 나는 머뭇대다 더듬거리면서 말했다.

"하, 할아버지, 아버지 잘못이 아니에요."

할아버지는 내 말에 힐끗 나를 돌아보았지만, 이내 야멸치게 고개를 돌렸다. 할아버지는 내가 아니라 아버지를 더 옥죄었다. 할아버지는 교문 앞에 서 있던 손자의 얼굴에서 20여 년 전 집을 나간 어린 아들의 모습을 발견하고는 모든 원망을 아들에게 돌린 것이다.

"다 네놈 짓인 줄 내가 알아. 일호가 이런 일을 할 이유가 없어. 대체 네놈이 뭐라고 애를 부추겼냐? 뭐라고 했기에 그러냐고?"

할아버지의 고함 소리는 쇠를 가는 것처럼 날카로웠다. 할아버지가 아침마다 갈고 닦는 면도칼보다도 날이 서 있었다. 할아버지는 아버지가 나간 뒤로는 아침마다 면도칼을 간 것이 아니라 원망과 그리움으로 가득 찬 마음을 갈았던 것인지도 모른다. 아버지가 온 뒤로도 날 선 마음을 감추면서 속으로만 생채기를 내었을 것이다. 할아버지가 아버지에게 퍼붓는 것은 말이 아니라 고통 때문에 터져 나오는 비명이었다. 아버지는 그걸 잘 알고 있었다.

"죄송합니다, 아버지."

아버지가 느닷없이 할아버지 앞에 무릎을 꿇었다. 순간 내 가슴이 철렁 내려앉았다. TV 드라마에서 익숙하게 본 장면인데, 내 아버지가 무릎 꿇은 모습은 태연히 바라보기 힘들었다. 나는 얼른 고개를 숙였다. 할아버지도 예기치 못한 아들의 행동에 놀라 뒷걸음을 치다가 뒤에 놓인 의자에 털썩 앉았다. 할아버지는 곧 의자 등에 기대어 눈을 감았고, 아버지는 벌서는 초등학생처럼 두 손을 무릎 위에 가지런히 모았다. 그런데 아버지 손등 위로 소리 없이 눈물이 떨어지기 시작하더니 흐느끼는 소리가 점점 커졌다.

"아버지, 죄송해요. 뭐라고 드릴 말씀이 없어요. 밖에 나가 2

년쯤 지나고 나서 정말 집에 오고 싶었는데, 그 때는 돌아오기가 겁났어요. 그 때 왔어야 했어요. 그런데 때를 놓치니까 오고 싶어도 올 수가 없었어요. 죄송해요, 아버지. 정말 죄송해요."

아버지는 눈물을 쏟으면서 허리가 굽어지더니 아예 바닥에 머리가 닿았다. 아버지의 울음은 20년 동안 비워 두었던 자리만큼 깊었다. 눈을 감고 있는 할아버지의 눈에서도 물기가 비쳤다. 나는 조용히 피켓을 들고 안채로 들어갔다. 할아버지와 아버지가 마주하고 있는 공간은 내가 태어나기 전, 내가 끼어들 수 없는 과거의 공간이었다. 할아버지는 말없이 집을 나간 아들이 한참 만에 보낸 '잘 있다'는 엽서를 받고는 "나는 그딴 아들 둔 적 없으니 다시는 내 앞에서 그놈 얘기 하지 마라!"라고 하였지만, 단 일 초도 아들을 잊은 적이 없었다. 할아버지도 할머니처럼 현실에 발을 딛고 살면서도 항상 아들이 말없이 떠난 그 시공간에서 서성인 것이다.

내가 초등학교 때 처음 일등을 해서 좋아하며 이발소로 달려와 낭랑한 목소리로 "할아버지! 저 일등 했어요!"라고 했던 날, 할아버지는 웃는 것도 우는 것도 아닌 이상야릇한 얼굴로 내 머리를 쓰다듬으면서 "나쁜 놈, 나쁜 놈……"이라고 중얼거려 어린 나를 당황하게 했다. 내가 수두를 앓을 때는 할아버지가 출근해야 하는 며느리 대신 밤새 내 옆을 지켰는데, 그 때도 할아버지는 이렇게 중얼거렸다. "나쁜 놈. 그 나쁜 놈만 있어도 이럴 때 든든할 텐데……." 할아버지는 비어 있는 아들의 자리 때문에 기쁜 일을 마음껏 기뻐하지 못했고, 속상한 일은 더 가슴아파했다.

 그렇게 20년 동안 차고도 넘치도록 고여 온 할아버지의 원망과 회한은 엉뚱하게 내가 교문 앞에서 시위를 한 일이 꼬투리가 되어 터져 버렸다. 할아버지와 아버지는 밤늦도록 이발소에 있었고, 간간이 할아버지의 고함과 아버지의 울음 섞인 목소리가 들렸다. 둘은 과거로 거슬러 올라가 함께 시간을 맞추면서 현실로 천천히 되돌아오고 있었다. 할머니가 이발소를 기웃거리면서 눈물을 찍어 내느라 바쁜 동안, 나는 방 안에 틀어박혀 앞으로 어떻게 해야 할지 고민했다. 할아버지는 아들과의 갈등을 푼 뒤 곧바로 손자를 떠올리게 될 것이다. 그 뒤에 벌어질 일은 생각하고 싶지도 않았다.

 다음 날 아침, 할아버지는 아버지의 머리를 깎고 면도를 해 주었다. 그것은 용서와 화해의 의식이었다. 할아버지는 태성이발소 이발사들에게 대대로 전해 내려오는 가위로 아버지의 머리를 깎았다. 독일제라는 그 가위는 제 기능을 충분히 발휘할 만큼 멀쩡했지만, 할아버지가 아끼느라 가끔 꺼내 닦아 놓기만 하던 거였다. 백 년이 넘은 가위로 가위질을 하는 할아버지의 손은 간혹 미세하게 떨렸고, 면도를 할 때는 긴장한 모습이 역력했다. 할아버지는 바삐 손을 움직이면서 가끔 거울에 비친 아들의 얼굴을 바라보았고, 아들은 눈을 맞추며 빙긋 웃어 보였다. 아침 햇살이 환하게 들어오는 태성이발소는 실내를 떠도는 먼지마저 평화로웠다. 나는 그 광경을 훔쳐보면서 부디 할아버지가 어제 교문 앞에서 있었던 일을 잊기를 바랐다. 그것이 터무니없는 바람인 것을 알면서도 말이다.

할아버지는 아버지의 이발을 끝낸 뒤 이발소로 나를 불렀다.

"어서 교복 입고 나와라. 가방도 챙기고. 네 애비한테도 빨리 서두르라고 해라."

할아버지는 흰 가운을 벗어 벽 한쪽 못에 걸린 옷걸이에 걸쳐 놓은 뒤 양복 웃옷을 입었다. 나는 앞으로 어떤 일이 벌어질지 짐작할 수 있었지만, 거부할 수는 없었다. 할아버지는 아버지와 내가 옷을 차려 입고 나오자 이발소 문을 벌컥 열고 거리로 나가 아무 말 없이 앞장서 걸었다.

"어떡해요."

나는 옆에서 나란히 걷는 아버지에게 속삭였다. 아버지는 그냥 빙그레 웃고 말았다. 조금 전 할아버지와 화해의 의식을 치른 아버지로서는 할아버지가 원한다면 불구덩이에라도 들어갈 판이었다. 정말 아침부터 거리는 서서히 불구덩이로 변해 가고 있었다. 며칠 동안 불볕더위와 열대야로 녹아 늘어졌던 거리는 아침볕에도 힘을 쓰지 못하고 누글누글해졌다. 더위에 지친 사람들은 아침부터 어깨를 늘어뜨리고 좀비처럼 걸었다. 그들 사이를 태성이발소 삼대가 힘차게 뚫고 나갔다. 아니 일대, 이대의 힘찬 발걸음에 나는 그저 보조를 맞추느라 허둥댔다. 버스가 학교 앞 정류장에 닿았을 때 나는 그대로 도망치고 싶었다. 할아버지는 나를 교무실에 데려가 손이 발이 되도록 빌게 할 것이며, 할아버지와 아버지는 머리가 땅에 닿도록 허리를 굽혀 사죄할 것이다.

"할아버지……"

나는 버스에서 내린 뒤 용기를 내서 할아버지를 불렀는데, 소용없었다. 할아버지는 뒤 한번 돌아보지 않았다. 등교 시간이 막 끝난 학교 앞길은 뛰어가는 아이들 서너 명과 우리 세 사람뿐이었다.

"괜찮을 거야."

아버지가 살짝 내 어깨를 다독였지만, 아무런 위안도 되지 않았다. 할아버지는 진군하는 병사를 지휘하는 장수처럼 거리낌 없이 앞으로 걸어 나갔다. 그런데 교문 안에 먼저 들어선 할아버지가 지칫거리다 멈춰 섰다. 할아버지의 시선은 오른쪽에 쏠려 있었다. 할아버지가 바라보는 곳에는 스무 명 남짓한 아이들이 시멘트 바닥에 무릎을 꿇고 앉아 머리를 숙인 채 오광두의 바리캉에 머리털을 맡기고 있었다. 오광두는 이미 열 명 정도의 아이들 머리를 바리캉으로 밀었고, 매독은 간혹 고개를 드는 아이들의 등짝을 막대기로 내리치고 있었다. 오정고 학생들에게는 익숙한 일이었지만, 할아버지는 난생 처음 보는 광경에서 눈을 떼지 못했다. 할아버지는 오광두가 한 아이의 머리 한가운데를 아무렇게나 바리캉으로 미는 것을 보고는 탄식하였다.

"저, 저런!"

아버지도 어이없다는 듯 내 얼굴을 쳐다보았고, 나는 보란 듯이 고개를 끄덕였다. 보세요, 저렇게 한다니까요. 아이들의 머리가 조금 길다는 이유로 저렇게 무지막지하게 머리를 밀어 버린다니까요. 제가 오죽하면 나섰겠어요. 나는 그런 뜻으로 고개를 세차게 끄덕이다가 할아버지와 눈이 마주쳤을 때는 어서 집으로 돌아가자고 애원하는 눈빛을 보냈다. 그렇지만 나의 애원은 통하지 않았다. 할아버지는 참혹한 이발 폭력 현장을 유유히 지나쳐 학교 본관으로 올라가 교장실 위치를 물었다. 내가 본관 건물 안 한쪽을 손가락으로 가리키자 할아버지는 도저히 이해할 수 없는 명령을 내렸다.

"일호는 여기 서 있어라. 그리고 애비는 얼른 이발소에 가서 이발 도구를 챙겨 와라. 가위는 네 몫도 가져오고. 택시 타고 다녀와라. 서둘러."

가위라니? 왜요? 할아버지는 내가 물어볼 틈도 없이 이내 건물 안으로 성큼성큼 들어가 버렸다. 분명히 할아버지는 정 학당한 손자의 잘못은 바로 부모의 잘못이라고 사죄하고, 징계를 거두어 달라고 부탁하려고 학교에 온 것이다. 그런데 느닷없이 가위라니.

"가위는 왜 가져오라고 하시죠?"

"왜 그러시는지 알 수 없지만, 어쩌겠냐. 기다려라. 내 얼른 갔다 올게."

아버지는 내 어깨를 툭 치고는 빙긋 웃었다. 그리고 얼른 교문 쪽으로 달려 내려갔다. 교문 앞에서는 오광두의 이발이 계속되고 있었고, 매독의 고함이 이어졌다. 내가 정학을 맞고, 피켓 시위를 해도 세상은 변하지 않았다.

"네 용기는 가상한데, 세상은 호락호락하지 않다. 네가 할 수 있는 일이 아니야. 계란으로 바위 치기다. 할 만큼 했으니까 그만 해라."

오광두가 한 말이 떠올랐다. 나는 맥이 빠져 현관 앞에 쭈그리고 앉았다. 두발 규제고 뭐고 다 때려치우고, 여름 방학이 되면 시원한 바다로 놀러나 가고 싶다는 생각이 검질기게 달라붙었다. 신념을 따른다고 버르적거리기에는 너무 더운 여름이었고, 내 몸과 마음은 몹시 지쳐 있었다. 나는 할아버지가 교장에게 용서를 받아 오기를 기대하기까지 했다.

그런데 할아버지가 교장에게 받아 낸 허락은 참으로 어이없는 것이었다. 할아버지는 숨을 헐떡이며 달려온 아버지와 땀을 흘리며 빌빌거리고 있는 내게 말했다.

"학교 안에 있는 이발소에서 바리캉으로 머리 밀린 아이들의 머리를 내가 깎아 주기로 했다."

아버지는 할아버지 말에 당연히 우리가 해야 할 일인 양 고개를 끄덕였다. 나는 할아버지가 받아 온 면죄부가 너무 황당한 것이라서 눈이 저절로 커졌다. 고대 법률의 '눈에는 눈, 이에는 이'로 대응하는 탈리오법칙처럼 두발 규제를 없애자고 시위한 아이의 면죄부는 다른 아이의 머리카락을 가져와야 얻을 수 있다는 것인가. 기가 막혔다. 내가 살기 위해 다른 아이들의 머리털을 제물로 바치는 기분이었다. 나는 머리를 절레절레 흔들었다.

"할아버지, 말도 안 돼요. 어떻게 아이들 머리를……. 그렇게 할 수 없어요."

"내가 하겠다고 했다. 너는 가만있어라."

할아버지는 아버지가 가져온 이발 도구 가방을 받아 들고 덤덤하게 말했다.

"어서 이발소나 알려 줘라. 오래 전에 내가 아는 이발사가 여기 이발소에서 일을 했었지. 건물 어디 끄트머리에 있다고 하던데 일호가 앞장서라."

할아버지 말에 아버지는 어서 할아버지 말대로 하라는 듯 내 팔을 슬쩍 잡았다가 놓았다. 나는 어쩔 수 없이 별관 1층 구석에 있는 이발소로 향했다. 할아버지는 왕진 나온 의사처럼 가죽 가방을 들고 점잖게 내 뒤를 따랐고, 아버지는 맨 뒤에서 여기저기를 두리번거리며 걸었다.

이발소에는 벌써 행정실 실장과 아저씨 한 분이 쌓아 놓았던 책상이며 의자를 한쪽으로 몰아 놓고 있었다.

"이거 참, 교장 선생님께서 치우라고 하셔서 치우긴 하는데, 여기서 머리 깎으실 수 있겠어요? 이거 다 먼지투성이라서."

행정실 실장의 목소리에는 짜증이 묻어 있었다. 시원한 행정실에서 상쾌한 기분으로 하루를 시작하려던 실장으로서는 꽤 귀찮은 일이었을 것이다. 이발소 구석마다 더금더금 쌓여 있는 먼지들은 사람들이 움직일 때마다 풀풀 되살아났다. 나는 창문을 활짝 열었다. 오랫동안 사람의 온기를 품지 못했던 이발소 안은 열어 놓은 창문으로 들어오는 햇볕이 따스하게 느껴질 정도로 싸늘했다. 나와 아버지는 실장을 도와 이발소 의자와 뿌옇게 더께가 앉은 거울을 쓱쓱 닦아 냈다. 거울을 닦다 보니 두발 시위를 하려고 아이들과 몰래 이 곳에서 만났을 때 정진이 해 준 얘기가 생각났다. 정진은 졸업생들 사이에서 쉬쉬하며 떠돈다는 이발소 괴담을 들려줬는데, 이런 거였다.

"7년 전에 한 학생이 야간 자습을 하다가 잠깐 화장실 가겠다고 나간 뒤 종적을 감췄다는 거야. 며칠이 지나도 학생이 돌아오지 않으니까 선생들은 공부하기 싫어서 가출을 했다고 생각했지. 그런데 어느 날, 야간 자습을 하는데 그 학생이 복도를 걸어가는 걸 그 학생 담임이 보고 쫓아갔다나 봐. 이름을 몇 번이나 불렀는데 들은 체도 않고 가더니, 이발소로 쑥 들어가더래. 담임도 따라 들어갔지. 그런데 이발소에는 아무도 없더라는 거야. 담임이 학생 이름을 불렀겠지. 그러자 이발소 거울 쪽에서 뭔가 소리가 들려서 보니까 글쎄 거울 안에 그 학생이 웃고 있더래. 거울에 학생 얼굴이 비친 게 아니라 거울 안에 그 학생이 있었다는 거야. 담임은 그걸 본 순간 기절했고, 그 학생은 영영 나타나지 않았대. 그 뒤로 이발소를 폐쇄한 거야."

정진의 말을 들으면서 나와 아이들은 터무니없는 얘기를 지어낸다고 면박을 주었다. 그런데 문득 정말 거울에 다른 세계가 있어 뛰어 들어갈 수 있으면 좋겠다는 생각이 들었다. 어제까지 두발 규제 시위를 했던 내가 단속에 걸린 아이들의 머리를 깎는 것을 돕는다는 건 정말 괴담보다도 끔찍했다. 내 참담한 심정을 알 리 없는 할아버지는 흰 가운을 입고 먼지를 대충 걷어 낸 거울 앞에다 가위와 빗을 조심스럽게 늘어놓고는 가위 하나를 아버지에게 내밀었다.

"너도 깎아라. 할 수 있겠지?"

할아버지의 말에 아버지는 고개를 끄덕였다. 아, 나는 정말 거울 속으로 뛰어 들어가고 싶었다. 아니 오광두가 바리캉으로 머리를 밀린 아이들을 데리고 이발소에 들어왔을 때는 창피해서 머리만이라도 거울 안으로 처넣고 싶었다. 내 몸은 얼굴에서 발가락 끝까지 빨갛게 물든 것 같았다.

"교장 선생님 말씀 들었습니다. 그럼 부탁드립니다."

오광두는 내 마음을 눈치 챘는지 할아버지와 아버지에게만 공손하게 인사하고는 총총히 사라졌다. 정확하게 스물 두 명의 아이들이 복도에 줄 지어 서 있다가 두 명씩 짝을 지어 이발소로 들어와 의자에 앉았다. 나는 창문 앞으로 가서 할아버지 이발 도구 가방을 들여다보며 딴청을 했다. 아무도 나를 알아채지 못하길 간절하게 빌면서. 그 때 할아버지가 나를 불렀다.

"일호야, 전기면도기가 빠졌다. 얼른 집에 다녀와라."

그건 구세주의 목소리였다. 허허벌판에서 하늘의 목소리를 들은 모세도 나만큼 기쁘지는 않았을 것이다.

나는 할아버지 말이 떨어지기가 무섭게 이발소 밖으로 튀어나와 눈썹이 휘날리도록 달려 학교를 빠져나갔다. 학교에서 나온 뒤에야 나는 걸음을 늦췄다. 뙤약볕 아래 서 있는 것이 감동적이긴 처음이었다. 어딘가로 도망치고 싶었지만, 할아버지와 아버지를 학교에 볼모로 잡혀 있게 할 수는 없었다. 나는 도망치는 대신 느릿느릿 움직였다. 집에 가는 버스를 석 대나 그냥 보내고, 버스에 내려서는 걷다가 잠깐씩 멈춰 서서 쉬기까지 했다. 제발 내가 학교에 도착할 때는 전기면도기가 필요 없기를, 할아버지가 아이들의 머리를 다 깎아 놓았기를 바랐다. 그렇지만 할아버지의 이발 시간은 무척 길다. 동네마다 한두 곳씩 있는 이발소 체인점은 머리털에 가위를 댄 뒤 10분이면 끝나지만, 할아버지는 면도까지 45분은 족히 걸린다.

"이발은 기술이 아니라 정성입니다. 손님의 머리카락 특성과 두상의 형태를 세심하게 관찰하고, 그에 맞게 이발하는 거지요. 가장 훌륭한 이발사는 유행하는 머리로 잘 자르는 것이 아니라 손님에게 맞는 머리를 한눈에 아는 이발사입니다. 그것은 아주 오랜 경험을 통해 가능하지요. 저는 한번 머리를 깎은 손님은 웬만해서는 다 기억하는데, 그건 제가 머리가 좋아서가 아니라 손님에게 애정이 있기 때문입니다."

할아버지는 언젠가 옛날 이발소를 신문에 싣고 싶다는 기자가 찾아왔을 때 오래된 가위를 보여 주면서 말했다. 할아버지는 정말 손님을 대할 때마다 정성을 다했다. 이발 시간이 정성과 비례한다면 할아버지의 정성은 우리 동네 이발소 중에서는 최고다. 나는 전기면도기를 챙겨 학교로 돌아가면서 이발 시간을 계산해 봤다. 면도 시간을 뺀다고 해도, 아버지와 둘이 한다고 해도 오늘 안으로 끝내기 어려웠다.

나는 전기면도기를 가지고 다시 학교 앞에 도착해 천천히 학교 전경을 쓰윽 둘러보았다. 매독에게 맞은 뒤에도, 정학을 당한 뒤에도 학교에 가고 싶지 않다는 생각은 한 적이 없었다. 그런데 이제는 달랐다. 내가 피켓 시위를 하는 동안 조용히 응원하던 아이들에게 부끄러워 학교에 다시는 돌아갈 수 없을 것 같았다. 나는 음료수 병을 꼭 쥐고 오늘만이다, 오늘만 가는 거야, 이제는 다시 학교에 가지 않을 테다, 다짐하며 이발소 쪽으로 걸어갔다. 쉬는 시간이라서 학교 안이 어수선했다. 특히 이발소 쪽이 무척 소란스러웠다. 나는 이발소 앞에 까맣게 몰려 있는 아이들을 보고 기겁을 했다. 내가 놀라 주춤대는 사이에 또 한 무리의 아이들이 나를 제치고 이발소 쪽으로 와당탕 와당탕 요란한 소리를 내며 달려갔다. 이발소 문 앞에 발 디딜 틈도 없이 모여든 아이들은 이발소 창문에 매달려 서로 안을 들여다보려고 아우성이었고, 그 북새통을 뚫고 슬쩍이라도 안을 들여다본 아이들은 여지없이 와하하 웃음을 터뜨렸다. 어떤 아이는 "짱이야, 짱!" 하며 소리치기도 했다. 나는 도대체 무슨 일인가 싶어 무리 안을 헤집고 들어가 이발소 안을 들여다보았다.

이발소 안에서는 꿈에도 생각 못한 진풍경이 펼쳐지고 있었다. 손님에게 맞는 머리를 정성을 다해 이발해 온 할아버지가 한 아이의 뒷머리를 별 모양으로 다듬고 있었다. 나는 아이의 머리에 커다랗게 박힌 별 모양을 보고 놀라 숨이 턱 막혔다. 그 옆에 앉은 아이의 머리에도 별이 떠 있었다. 아니 그 뒤에 머리를 이미 깎은 아이들의 머리에도 별이 새겨져 있었다. 이발소 안은 온통 별 천지였다. 할아버지와 아버지는 놀라운 속도로 별을 깎아 내, 이미 열대여섯이 머리에 별을 이고 있었다. 나는 옆에 서 있는 낯선 아이에게 물었다.

"저거, 어떻게 된 거야?"

아이는 할아버지의 이발 솜씨에 감탄하여 눈을 떼지 않은 채 대답했다.

"두발 규제 폐지하라고 저러는 거래. 그러니까 시위를 하는 거지. 저 이발사가 걔 있잖아, 교문 앞에서 시위하던 애, 걔 할아버지래. 저 할아버지가 애들하고 짜고 한 거래. 멋지지 않냐?"

아이가 말하는 사이 할아버지는 또 한 아이의 머리에 별을 완성했다. 별은 바리캉이 지나간 흔적을 감쪽같이 감춰 줬다. 아이는 거울을 보며 흡족하게 웃고는 창문을 향해 양손으로 브이를 만들어 보이기까지 했다. 아이들이 또 와하하 웃으며 박수를 치며 환호했다. 그런 아이를 보는 할아버지의 표정은 딱딱했다. 내 옆에 서 있는 아이의 말대로 공범이라고 하기에는 너무 거만해 보였다. 표정만으로 보면 공범은 아버지 쪽이었다. 아버지는 할아버지만큼 멋지게 별을 만들지도 못하면서 싱글벙글 웃으며 가위질을 했다.

"저 사람은 걔 아버지래. 아버지는 이발사가 아닌데도 잘한다. 대단해!"

낯선 아이는 친절하게도 묻지 않은 것까지 설명해 줬다. 나는 생전 처음 보는 아이가 우리 가족사를 어떻게 잘 알고 있는지 궁금했다. 그 때 저 끝에서 익숙한 목소리가 들렸다.

"별은 말야, 우리가 다 하늘에 떠 있는 별처럼 귀하다는 거야. 그러니까 우리 머리 마음대로 밀지 말라는 거지. 저 할아버지는 우리 나라에서 가장 오래된 이발소인 태성이발소의 3대 이발사셔. 그런 분이 보기에도 우리 학교 두발 규제가 문제가 있다는 거야. 안 그러냐?"

그 목소리의 주인공은 정진이었다. 나는 까치발을 하고 정진에게 손짓을 했지만, 정진은 알아보지 못했다. 나는 아이들을 헤치고 정진 쪽으로 걸어갔다.

그런데 그 때 "교장이다!" 하는 외침 소리와 함께 아이들이 이리저리 서로 밀치며 흩어졌다. 그 바람에 나는 벽에 밀쳐져 머리를 찧었다. 아이들은 순식간에 사라졌다. 덩치가 커서 제대로 뛰지 못하는 정진이조차 보이지 않았다. 참으로 놀라운 순발력이다.

아이들이 사라진 뒤 복도 끝에서 정말 교장이 나타났다. 교장 뒤에는 오광두가 있었다. 둘은 급히 이발소로 걸어왔다. 나는 얼른 이발소 안으로 뛰어 들어가 긴박한 상황을 알렸다.

"교장 선생님 오세요!"

할아버지와 아버지는 나를 힐끗 보고 계속 가위질을 했다. 머리를 깎은 뒤 이발소 안에 쌓아 놓은 의자와 책상에 아무렇게나 걸터앉아 있던 아이들도 웬 호들갑이냐는 듯 나를 뜨악하게 바라보았다. 갑자기 나는 이방인이 된 기분이었다.

"전기면도기 가져왔니?"

아버지가 웃으며 내게 손을 내밀었다. 나는 가져온 전기면도기를 건네고 이발소 한쪽 벽에 기대 섰다.

곧 이발소 문이 벌컥 열리고 교장과 오광두가 들어오자 아이들이 죄다 일어섰다. 교장은 이발소에 들어서자마자 버럭 소리를 쳤다.

"아니, 이게 뭐 하시는 겁니까?"

"이미 말씀 드린 대로 머리를 깎고 있습니다."

할아버지는 여전히 가위질을 하며 대답했다. 할아버지는 바리캉으로 밀린 자리를 다듬고 있었다. 교장은 서 있는 아이들의 머리를 돌아보고는 어이없어했고, 오광두는 아이들 머리를 보고는 얼른 고개를 푹 숙였다. 터져 나오는 웃음을 참고 있는 게 분명했다. 오광두는 한 손으로 자신의 넓적다리를 비틀어 꼬집고 있었다. 아이들은 숨소리를 죽이며 교장을 바라보았다. 교장은 그 아이들을 무섭게 노려보았다.

"아니, 이게 장난도 아니고 뭡니까?"

교장은 언성을 더 높였다. 할아버지는 가위질을 잠시 멈추고 교장을 똑바로 쳐다보며 대수롭지 않다는 듯 말했다.

"오정고등학교 두발 규정에 어긋나지 않습니다. 길이를 보십시오. 오삼삼이라고 했던가요? 규정보다 짧습니다."

"아니, 지금 그걸 말이라고 하십니까? 당장 그만두시고 여기서 나가세요."

교장은 눈을 치켜뜨면서 손가락으로 문을 가리켰다. 하지만 할아버지는 들은 체도 않고 다시 가위질을 했다. 아버지도 멈췄던 가위질을 다시 시작했다.

"이발사가 머리를 깎다가 중간에 그만둘 수는 없습니다."

할아버지 말에 교장이 오광두에게 소리쳤다.

"뭐 해, 오 선생, 당장 막아!"

순간 이발소는 긴장감이 돌면서 초조한 아이들이 침을 꼴깍 삼키는 소리와 가위질 소리가 아주 크게 울렸다. 나는 요란하게 뛰는 내 심장 소리가 들릴까 봐 숨을 참았다.

할아버지가 조용히 말했다.

"곧 끝납니다. 잠시만 기다려 주세요."

"노인 양반이라고 봐줬더니."

붉으락푸르락하던 교장은 할아버지의 태연함에 노여워 나뭇가지처럼 몸을 부들부들 떨었다.

할아버지는 가위질을 하다 고개를 들어 교장을 빤히 바라보았다.

"제가 지금은 노인이지만, 오래 전 그러니까 교장 선생님이 학생일 때는 저도 젊었습니다."

교장은 고개를 휙 돌려 버렸다.

"저는 종로에서 이발소를 했는데, 우리 이발소에는 그 근처에 있는 학교 학생들이 많이 왔습니다. 그 시절에도 두발 단속이 심했지요. 한번은 대여섯 명이 단속에 걸려 머리를 깎이고 와서는 머리 꼭대기 쪽을 별 모양으로 깎아 달라고 했지요. 물론 제가 해 주지 않았습니다. 아직도 그 날 기억이 생생합니다. 한 학생이 그랬지요. 내 자식들 머리는 마음대로 하게 놔둘 거라고요. 아이들 의견을 존중해 줄 거라고 했습니다."

할아버지 말에 교장의 눈이 커진 건 나만 볼 수 있었다. 교장은 할아버지를 뚫어지게 보더니 "흠, 흠." 헛기침을 했다. 그러고는 오광두에게 말했다.

"쟤들 머리 다 다듬으시면 교장실로 모시고 와!"

교장은 오광두가 대답을 하기도 전에 이발소를 바쁘게 걸어 나갔다. 그제야 숨죽이고 있던 아이들이 웅성거렸다. 아이들은 기세등등하던 교장이 느닷없이 기가 꺾인 것이 이상하다며 고개를 갸웃거렸다. 오광두는 수군거리는 아이들을 모두 교실로 돌려보낸 뒤 이발이 끝나기를 기다렸다. 오광두는 어쩔 줄 몰라 하고 있는 내게 와 속삭이듯 말했다.

"할아버지 배짱이 대단하시다. 이발소가 도원동에 있다고?"
"네."

오광두는 내가 휘청할 만큼 내 어깨를 세게 치면서 혼자 낄낄 웃었다. 오광두의 그 웃음소리는 아이들이 은밀한 비밀을 공유한 뒤 만족하여 내는 소리와 닮아 있었다. 나는 자신이 밀어 놓은 머리에 별을 만드는 대형 사고를 친 이발사 앞에서 키득거리는 오광두의 모습에 어리둥절했다.

곧 할아버지와 아버지가 이발을 끝냈다. 마지막 두 명의 머리는 별이 없이 단정하게 깎여 있었다. 둘 다 2학년이었는데 별이 없는 걸 무척 아쉬워하다가 오광두에게 손으로 엉덩이를 한 대씩 맞고는 입을 비죽거리며 교실로 갔다.

"할아버님, 정리는 일호에게 맡기시고 교장실로 가시지요."

오광두는 이발을 끝내고 머리카락을 떨어내는 할아버지에게 다가가 말했다.

"네, 그러지요."

할아버지가 가운을 벗어 내게 건네고는 오광두를 따라나섰다. 오광두는 아버지에게 정중하게 인사를 하고 나갔다. 나는 둘이 사라지자 얼른 아버지에게 다가가 은밀하게 물었다.

"어떻게 된 거예요?"

"글쎄 모르지. 한 가지 분명한 건 할아버지가 널 이해하고 계신다는 거지."

아버지는 머리카락을 쓸면서 담담하게 말했다. 순식간에 불안감이 덜어지면서 그 자리에 가슴 뻐근한 기쁨이 차올랐다. 얼른 아버지가 들고 있는 빗자루를 건네받아 이발소 안을 청소했다. 오정고등학교 이발소 역사의 마지막 장은 태성이발소 후손의 활약으로 채워질 것이다. 이제 오정고 학생들은 이발소 괴담이 아니라 별 모양으로 머리를 깎은 이발사 이야기를 하느라 열을 올릴 것이다.

할아버지는 한참 만에 이발소로 돌아왔고, 우리 셋은 나란히 걸어 학교에서 나왔다. 어느덧 해가 기울어 가고 있었다.

할아버지는 버스 정류장에서 슬며시 내 손을 잡았다. 내가 길을 잃었을 때처럼. 나는 할아버지의 손을 잡고 땅에 뿌리를 내려 살아왔다는 걸 새삼 깨달았다. 17년 만에 만난 아버지는 자유롭게 날 수 있는 하늘을 보게 해 주었다면, 할아버지는 내가 서 있어야 할 곳이 어디인지 알려 주었다.

12

 할아버지가 오정고 이발소를 접수한 사건을 오정고 학생들은 '별사건'이라고 불렀다. 그리고 학생들 사이에서는 별사건의 원조가 교장이라는 소문이 나돌았다. 정진은 별사건 소문의 진상을 알아보려고 태성이발소를 기웃거렸다.
 "할아버지께 여쭤 봐. 종로 근처에 있던 학교, 우리 교장이 그 학교에 다닌 게 맞냐고. 두발 단속에 걸려 머리를 잘리고 와서 머리에 별을 만들어 달라고 한 사람이 교장 아니었냐고 말야. 지금 학교에서는 그게 가장 큰 이슈라니까. 1학년부터 3학년들까지 밤새 인터넷 뒤져 가며 우리 교장의 뒤를 캐느라 난리야 난리. 이럴 때 할아버지가 증언만 해 주시면 되는데."
 정진이 하도 보채는 바람에 할아버지를 슬쩍 떠보았지만,

할아버지는 입을 열지 않았다. 정진이 직접 나서도 소용없었다. 할아버지는 아무런 대답도 얻지 못해 시무룩한 정진에게 이 말만 했다.

"내가 머리 깎아 준 애들, 머리 정리하고 싶으면 우리 가게로 오라고 해라. 돈 안 받을 테니."

정진이 그 말을 전하지 않았는지 태성이발소를 찾아오는 아이들은 없었다.

나는 별사건 이후 사흘 동안 피켓 시위를 하고는 그만두었다. 학교에서 전교 회의 때 안건으로 나온 '두발 자유화'를 논의하기 위해 학교운영위원회를 소집하기로 했기 때문이다. 정진은 학교에서 그런 결정이 나자마자 전화를 해서 알려 줬다. 정진은 교장이 자신의 과거를 떠올리고는 너그러워져 학생들 의견을 받아들이기로 한 것이라고 했다.

"개구리 올챙이 적 생각한 거지. 어른들도 학생 때는 우리와 똑같았겠지 뭐. 어른들 중에는 장발 유행할 때 머리 길게 기르고 단속 피해 도망 다니던 사람들도 있고 별 사람 다 있을 거 아냐. 어쨌든 네가 이긴 거야. 송일호 애썼어. 대단해! 어때, 기분 좋지?"

정진은 잔뜩 들떠 있었지만, 나는 침착했다. 매독이 아이 머리에 라이터를 대던 일부터 할아버지가 아이들 머리에 별을 그려 놓던 일까지 머릿속에서 필름이 돌아가듯 한 번에 떠오르는데도 그것이 나와 상관없는 영화의 한 장면처럼 느껴졌다. 나는 그저 뜨거운 햇볕 아래 서 있지 않아도 된다는 게 좋았다. 오랜 시간이 흘러 회상하면 가슴 벅찬 감동을 줄지 모르지만, 지금으로서는 무덤덤했다.

학교운영위원회 소집이 결정 나던 날, 늦은 오후에 오광두가 불쑥 태성이발소를 찾아왔다. 오광두는 할아버지에게 머리를 깎고 면도를 했다. 오광두는 반들거리는 얼굴을 손바닥으로 몇 번이나 쓰다듬으면서 말했다.

"어르신, 정말 솜씨가 좋으십니다. 제가 여러 이발소를 다녀 봤지만, 이렇게 딱 떨어지는 머리는 처음 해 보는 것 같습니다. 면도도 아주 시원합니다. 고맙습니다, 어르신."

"마음에 든다니 다행입니다."

"마음에 들다마다요, 어르신. 이발하시는 것만큼이나 손자도 반듯하게 잘 키우셨습니다."

오광두의 말에는 진심이 담겨 있었다. 바닥에 떨어진 머리카락을 쓸어 담던 나는 생각지도 못한 칭찬에 당황하여 빗자루를 놓치기까지 했다.

오광두가 이발소 밖으로 나를 불러내 조용히 일렀다.

"학교운영위원회가 소집되면 두발 규제를 폐지하거나 완화하는 문제를 논의하게 될 거야. 벌점제 도입은 논의에서조차 제외될 거다. 운영위원회는 2학기 초에 바로 열릴 거야. 네 뜻을 이룬 셈이지. 그러니 더는 교문 앞에 나와 서 있지 않아도 된다. 집에서 공부나 열심히 하고 있어라. 할아버지가 가위 들고 학교에 뛰어오시게 하지 말고. 앞으로 내가 바리캉을 드는 일은 없을 거야."

오광두는 내게 소설책 한 권을 선물이라며 주고 어둑어둑해진 동네 길을 내려갔다. 나는 오광두의 뒷모습을 한참 동안 바라보았다. 댕돌같은 오광두도 뒷모습은 어쩐지 쓸쓸해 보였다. 오광두의 뒷모습은 내게 이렇게 말하는 것 같았다. 어른이 되어도 마음대로 살 수 있는 건 아니야.

어른들이 우리를 길들이려고 하듯, 어른들은 자신들이 만들어 놓은 사회에 길들어 가고 있는지 모른다. 그리고 길들여지기 싫어 세상 밖으로 나간 아버지와 마찬가지로 오광두도 길들여지는 것을 두려워하며 나름의 방식으로 싸우고 있는 것이다.

오래 전 할아버지는 이런 말을 했다.

"사람들은 머리를 길들일 수 있다고 생각해 가르마를 오른쪽으로 바꿔 달라, 왼쪽으로 바꿔 달라 그러는데 그건 그렇게 쉽지 않다. 머리털은 제가 타고난 대로 제자리를 찾으려고 고집하거든. 아무리 뛰어난 이발사라도 타고난 머릿결 방향을 바꾸지는 못하지. 좋은 이발사는 타고난 머릿결을 살려 이발해 주는 거야."

할아버지는 이발에 대한 자신의 철학을 50년 넘도록 이발소 안에서 실천해 왔다. 할아버지가 오정고에서 별사건을 일으킨 것도 생각해 보면 뜻밖의 돌출 행동은 아니었던 것이다. 할아버지는 별사건 이후 좀더 과감해져 갔다.

오광두가 머리를 깎고 간 다음 날, 할아버지는 도원동 재개발추진위원회를 찾아갔다. 그 곳에는 할아버지와 한목소리를 외쳤던 찬성파 사람들이 모여 있었는데, 할아버지는 그들에게 이렇게 말했다.

"내 그 동안 나라를 위한 거라면 다 따라야 한다고 생각했어요. 그런데 이건 아닙니다. 재개발로 한 식구들처럼 지낸 동네 사람들에게 골고루 혜택이 돌아간다면 모르지만, 그렇지 않다면 지금 이대로 사는 게 낫지요. 2, 30년을 이 곳에 뿌리 내리고 살아온 사람들을 쫓아내는 게 재개발이라면 반대입니다. 내 생각이 그러니, 그런 줄 아세요."

할아버지의 난데없는 말에 그 곳에 모인 사람들은 서로 얼굴을 마주보며 쑥덕거렸다.

"저 영감이 노망이 들었나? 미쳐도 단단히 미쳤군그래."

찬성파 사람들이 뭐라 하든 할아버지는 그 날로 이발소 문 유리에 '재개발에 반대하는 뜻으로 당분간 이발소 영업을 하지 않습니다'라고 쓴 종이를 붙여 놓고 재개발 반대파 사람들의 시위에 동참했다. 할아버지는 그들과 함께 구청 앞에서 하루 종일 피켓을 흔들고 노래를 부르다, 새까맣게 그을린 얼굴로 집에 돌아왔다.

"네 할아버지가 왜 그런다니. 세상 다 뒤져도 네 할아버지 같은 사람은 찾지 못할 거다. 들어오는 복이 있으면 쫓아가서 발로 걸어차는 격이니 동네 사람들 말대로 미쳐도 한참 미쳤지 뭐냐. 종로에 있는 가게를 헐값으로 판 것도 부족해서, 이제 가만히 앉아 있으면 재개발로 돈방석에 앉게 생긴 걸 자기가 왜 나서서 재를 뿌려, 재를 뿌리긴. 거기다 재개발에 반대해 영업을 하지 않아? 아이고, 오라고 해도 올 손님도 없어요. 이놈의 영감탱이, 내가 이번에는 절대로 가만 안 있는다. 나도 우리 재산에 권리가 있어. 이 집이고 가게고 어디 자기 혼자 벌었간. 나도 평생 밥해 대고, 빨래해 대면서 벌은 겨."

할머니는 할아버지가 재개발 반대 시위에 나간 걸 뒤늦게 알고는 펄쩍 뛰며 할아버지를 성토했다. 할머니는 할아버지가 시위에서 돌아오면 한바탕 싸움을 벌일 판이었다. 그렇지만 할아버지는 할머니가 펴 놓은 싸움판에 뛰어들지 않았다. 할아버지는 집에 오자마자 마루에 걸터앉아 자신을 노려보고 있는 할머니는 외면한 채 일찍 퇴근한 공인중개사 며느리를 불러 큰 소리로 말했다.

"오늘 나가서 사람들 얘기 들어 보니 재개발이다, 뉴타운이다 하는 게 다 원주민들 유랑객 만드는 일이더구나. 재개발 되어서 좋은 아파트 지어 봤댔자 원주민들은 고작 10% 정도만 입주할 수 있다니 기가 막히지. 어멈아, 어떠니? 우리도 집하고 가게 보상 받아서 아파트 들어가려면 빠듯하지?"

할아버지 질문에 엄마는 할머니 눈치를 보며 "네, 아버님. 쉽지는 않아요."라고 대답했다. 그것으로 예정되었던 할머니와 할아버지의 싸움은 무산되었다. 할머니는 며느리를 따로 불러 할아버지 말의 진위를 가리고는 할아버지에게 쌓였던 노여움을 다른 곳으로 돌렸다.

"애고, 망할 놈들. 뽑아 달랄 때는 없는 사람들 종노릇을 하겠다면서 뽑아 놓으면 죄다 있는 놈들 발바닥만 핥으니 워쩌면 좋아. 이늠의 세상이 날이 갈수록 없는 사람들은 빈 강정을 만든다니께."

할머니는 그 말을 한 뒤로 할아버지가 시위에 가는 것을 반대하고 나서지 않았지만, 재개발의 장밋빛 꿈을 접지는 않았다. 할머니는 틈틈이 재개발추진위원회를 드나들며 보상 금액 협상에 촉각을 곤두세웠다. 할머니는 언제든 할아버지에게 반기를 들 수 있었다.

가족 중에 할아버지를 적극 지지하는 사람은 아버지뿐이었다. 아버지는 할아버지가 걱정되어 안절부절못하다가 결국 시위에 따라나섰다. 머리에 띠를 두르고 피켓을 든 아버지와 똑같은 복장을 하고 그 뒤를 바짝 따르는 아들의 모습은 꽤 진지했다. 할아버지와 아버지는 구청에서 시청으로, 시청에서 청와대 앞까지 진출했지만, 원하는 대답을 해 주는 곳은 어디에도 없었다. 재개발을 반대하는 사람들은 세입자대책위원회를 결성하고 장기전에 돌입했다. 세입자대책위원회에 속한 사람 중 세입자가 아닌 사람은 할아버지뿐이었다. 세입자들은 함께해 준 할아버지에게 고마워하면서도 불편해했다. 세입자의 권리를 세입자가 아닌 사람이 말하는 건 아무래도 무리였던 것이다.

할아버지는 다시 이발소로 돌아왔다. 그렇지만 할아버지는 가위를 들지 않았다. 할아버지는 자꾸 창밖을 내다보며 머리띠를 두르고 구청으로 달려가는 세입자들의 뒤꽁무니를 눈으로 쫓았다.

"난생 처음 싸워 보신 거야, 세상과. 아마 그 신선한 경험을 쉽게 잊지 못하실 거야."

아버지는 할아버지의 변화를 그렇게 설명했다. 나는 할아버지의 심정을 충분히 이해할 수 있었다. 나도 두발 규제 반대 싸움이 끝난 뒤 내 안에 꽉 들어차 있던 것이 빠져나간 것 같아 공허했다. 다시 어디로 돌아가야 할지 막막한 기분마저 들었다. 할아버지도 싸움을 끝내고 평생 지켜 온 이발소로 돌아왔지만, 오히려 이발소가 낯설게 느껴졌을 것이다.

할아버지는 영업을 중지한다는 종이쪽지를 떼지 않은 채 빈 이발소를 지켰다.

"아마 좀 시간이 걸릴 거야. 제자리를 찾으려면. 할아버지나 너나. 내가 그런 건 잘 알지."

아버지는 할아버지가 잠시 동네를 떠나 있는 게 좋다고 믿었다. 그래서 할아버지와 할머니에게 중국 여행권을 선물했다. 할아버지는 무슨 여행이냐고 펄쩍 뛰었지만, 할머니는 눈물까지 글썽이며 좋아했다.

"내가 늙어서는 아들 효도를 본다더니 그 말이 딱 맞는구나. 돈도 없을 텐데, 중국 여행을 다 보내 주느라고 그랴. 하긴 우리 동네에서 비행기 타고 외국 안 나가 본 부부는 우리뿐이여. 이왕 이렇게 된 거 고맙게 갔다 와야지. 네 아버지는 염려 마. 내가 간다는데, 별수 있겠냐?"

할머니는 곧장 엄마와 시장으로 달려가 옷이며 신발을 사며 여행 준비를 했다. 할아버지도 혼자 슬그머니 동네 수입상품 가게에서 선글라스까지 산 걸 보면 첫 해외 여행에 들떠 있는 것 같았다.

며칠 뒤 이른 아침 할머니는 빨간 모자를 쓰고, 할아버지는 검은 선글라스를 끼고 인천공항으로 향했고, 아버지의 배웅을 받으며 중국으로 가는 비행기에 올랐다.

태성이발소에 이발사가 부재중인 것은 백여 년 만에 처음 있는 일이었다. 낮에는 내가, 밤에는 아버지가 이발소를 지켰다. 사실 지킨 것이 아니라 둘 다 이발소에서 놀았을 뿐이다. 나는 방학을 해 낮에는 한가한 정진과 피씨방 아르바이트가 끝나 빈둥거리는 재현을 이발소로 불러들였다. 에어컨이 돌아가는 시원한 이발소는 천국이었다. 우리는 이발 의자에 앉아 만화책을 보거나, 소파에 반쯤 누워 바다 여행 계획을 짜거나 수다를 떨었다. 우리는 시답지 않은 이야기를 하면서 킥킥거렸다. 나는 아이들과 만나면서 허전함을 채워 가고 있었다. 서

서히 본래의 나로 돌아오고 있었다.

그런데 본래 나는 어떤 사람이었지?

"송일호, 너는 방망이로 때리면 어디서 튀어 오를지 모르는 두더지 오락기 같아. 자극을 받으면 어떻게 반응할지 아무도 모르지."

정진은 과자 봉지를 우므려 과자 부스러기를 입에 털어 넣으면서 옹잘거렸다. 재현이가 고개를 내저었다.

"두더지 오락기는 결국 방망이에 승복하지만, 일호는 그렇지 않잖아. 아냐."

"자식, 또 까칠하게 나온다. 그냥 웃자고 한 얘기야. 너는 유머를 몰라도 너무 몰라. 그러면서 대안학교에서 버틸 만하냐? 너 거기서도 왕따지?"

"응."

재현이 아무렇지 않게 고개를 끄덕이자 정진이 어이없어 했다.

"쩐다, 쩔어. 너 오나가나 왕따구나. 그럴 거면 우리 학교로 돌아와라."

"생각 중이야. 그런데 거기 가면서 보석감정사 공부 시작했거든. 그거 한번 해 보고. 생각보다 재미나더라."

"보석감정사?"

나는 우리 셋 중에 가장 남자다운 재현이 보석을 조몰락거린다는 게 어울리지 않게 느껴졌다.

"보석은 오랜 세월을 거쳐 비로소 제 빛을 만들어 낸다더라. 멋지지 않냐? 사람도 말야, 보석처럼 세월에 깎이고 닳으면서 제 빛을 찾아가는 것 같아."

 재현이 눈을 가늘게 뜨고 이발소 창문으로 들어오는 빛을 응시하며 말하자 정진이 나를 보며 입을 비죽거렸다.

 "또, 또 개똥철학 나오신다. 아무튼 폼은 제대로 잡는다니까……. 문재현, 그러니까 네 말은 우리도 각자 자신의 빛을 찾아가자는 거지? 그러려면 우리 머리 스타일부터 좀 바꿔 보면 어떨까? 아, 그래. 우리 염색할래? 어때, 재현이 너 겨울에 노랗게 물들였잖아. 여름에는 초록색으로 한번 해 봐라. 일호야. 어때? 우리도 해 보자."

 정진은 재현의 말을 엉뚱하게 끌어가고는 당장 염색약을 사 오겠다고 호들갑을 떨었지만 나는 염색을 하고 싶지 않았다. 나는 할아버지가 머리를 깎을 때마다 조금만 덜 깎이기를 간절히 바랐는데, 막상 할아버지가 시위에 따라다니느라 머리를 깎아 주지 않아 길어진 머리가 몹시 거추장스러웠다. 나는 나도 모르게 짧은 머리에 익숙해졌고, 만족하고 있었던 것이다. 나는 두발 자유를 한다고 해도 짧은 머리를 유지할 것이다. 재현이 말대로 보석이 나름대로의 제 빛깔을 찾아가듯 나도 내 빛깔을 찾아가고 있는 것이다.

 "사람에게 빛깔이 있다……. 아마 그 빛깔은 보려고 노력하는 사람들에게만 보이는 건지도 모르지."

그 날 밤 이발 의자에 나란히 앉아 있던 아버지는 이렇게 말하며 나를 따뜻한 눈길로 보았다. 나는 아버지가 내 빛깔을 볼 수 있을 것 같아 쑥스러워 슬쩍 고개를 돌렸다. 그래도 기분은 좋았다. 아버지라면 내 빛깔 그대로를 인정해 줄 테니까.

나는 일어나 이발소 창문을 활짝 열어 놓고 밤공기를 들이마셨다. 대낮의 소란스러움이 잠든 여름밤은 너무 평온했다. 언제까지라도 아버지와 이런 밤을 함께할 수 있는 걸까?

"엄마와 어떻게 하실 거예요?"

나의 느닷없는 질문에 아버지는 적잖이 당황했다.

"글쎄, 그게⋯⋯. 다시 시작해야지. 연애부터. 연애하다 청혼도 하고. 엄마가 받아 주면 결혼도 하고. 다시 해 보려고."

"엄마 까다로워요."

"알아. 이제 가을 되면 일도 시작해 보고. 곧 자리 잡게 될 거야."

"무슨 일 하실 건데요?"

"작은 무역회사 차리려고. 내가 그 동안 세계 여기저기 떠돌아다니면서 사람들을 꽤 알아 놨거든. 그래서 회사 시작하고 겨울쯤 엄마하고 결혼하고 싶은데. 연애가 잘되어야지. 네가 좀 도와줘라."

나는 피식 웃었다. 아버지와 엄마의 연애를 돕는 아들은 드물 것이다. 어쩌면 나는 아버지 대신 청혼가를 불러 줘야 할지도 모른다. 만약 엄마가 아버지의 청혼을 받아 주지 않는다면 둘이 한집에 살지 않겠지. 아버지와 엄마를 잃지 않으려면 나야말로 둘의 연애에 적극적으로 나서야 한다. 나는 아버지의 부탁을 흔쾌히 받아들였다. 나는 정진에게 어떻게 아버지를 도와야 할지 물어보았다. 정진은 연애 경력이야 나보다 나을 게 없지만, 여자를 사귀는 남자아이들을 많이 알고 있었다. 아마 남자를 사귀는 여자아이들도 꽤 알고 있을 터였다.

"아버지와 엄마의 연애라. 그거 간단하지. 둘만 있는 시간을 만들어 주는 거야. 예를 들면 섬으로 놀러 가서 배를 놓치게 해서 둘이 섬에 고립된다든가, 겨울이면 눈이 많이 내리는 산간 지방으로 가서 눈에 갇혀 며칠 꼼짝 못하고 둘만 있게 하면 딱 좋은데. 여름이니 섬을 이용해 봐. 어때? 두 분이 황홀한 신혼을 보내시는 거지."

정진의 말은 그럴싸해 보였다. 나는 곧장 아버지에게 섬 여행을 귀띔했는데, 아버지는 얼굴을 붉히며 쑥스러워했다.

"그럼, 다른 데로 알아볼까요? 배가 끊기는 섬은 서울에서 가까운 곳에도 꽤 있거든요. 남이섬도 있고, 제부도도 있고요. 그런데 아무래도 걸리시면 그만두세요."

"아니 그런 건 아니고……."

아버지는 나를 보고 어색하게 웃었다. 아버지는 정말 짝사랑에 빠진 청년 같았다. 내가 인터넷으로 남이섬과 제부도 정보를 알아보는 동안 아버지는 방 안을 서성이며 어떻게 엄마에게 여행을 가자고 할지 전전긍긍했다.

"둘만 가자고 하면 안 가겠다고 할 거야. 전에 영화 보자고 했을 때도 대뜸 둘만 가냐고 하더라고. 어쩌냐?"

"제가 한번 엄마한테 말해 볼게요. 마침 남이섬에서 그림 전시회를 한다니까 그쪽으로 가세요. 엄마 그림 좋아하시거든요."

아버지는 내 말에 얼굴이 환해졌다. 나는 그 날 밤늦게 돌아온 엄마에게 협박하듯이 말했다.

"엄마, 아버지하고 여행 갔다 오세요. 싫다고 하지 마세요. 둘이 낳았으면 둘이 함께 키울 책임이 있는 거니까. 적어도 둘이 잘되려고 노력은 해 봐야죠. 노력해도 안 되면 할 수 없는 거고. 그러면 둘이 따로 살아야죠."

내 말에 엄마는 어이없어했지만, 내가 내민 전시회 표는 받았다.

"그래, 네 말대로 노력은 해 볼 텐데, 이게 아니다 싶으면 엄마 따로 나가 살 거야. 너 그 정도는 이해해 줄 수 있지? 엄마, 그만한 선택권은 가지고 있다고 보는데, 안 그래?"

엄마는 전시회를 간다는 조건으로 내게 억지다짐을 받아 냈다. 사실 나는 엄마와 아버지가 함께 살지 않는다고 해도 괜찮을 것 같았다. 나는 둘이 나를 위해서가 아니라 둘이 정말 사랑해서 함께 살기를 바랐다.

그래도 일요일 아침 엄마와 아버지가 사이좋게 나란히 동네를 내려가는 것을 보니 뿌듯했다. 내가 둘을 배웅하는 걸 보고 정진은 만두 가게 문을 열고 후닥닥 튀어나왔다.

"성공했구나, 성공했어! 어디야? 남이섬이야?"

"응."

"그래 잘됐네. 야, 그런데 우리 아버지가 이상해. 내가 조금 전에 너희 엄마하고 아버지가 나오시는 것 보고 우리 아버지에게 얘기해 줬거든. 두 분이 섬으로 여행 가시나 보다고. 그랬더니 왜 성질을 내냐. 아무리 홀아비라지만, 남의 집 부부 잘되는 게 그렇게도 배가 아픈 거냐? 우리 아버지 왜 그러냐?"

나는 정진이가 구두덜거리는 걸 보며 빙긋이 웃었다. 나는 정진이 머리를 쓰다듬으며 말했다.

"너무 많은 것을 알려고 하지 마라!"

아버지가 엄마를 섬에 붙잡아 놓는 데 성공한 뒤 이발소로 전화했을 때, 나는 수화기를 내려놓기 전에 빠르게 말했다.

"아버지, 돌아오셔서 고맙습니다. 만년필도 잘 쓰겠습니다."

내 말에 아버지는 대답하지 않았다. 우리는 잠시 아무 말 없이 수화기를 들고 있었다. 나는 훌쩍거리는 소리를 듣고는 조용히 수화기를 내려놓았다. 아버지는 나중에라도 강물이 출렁대는 소리였다고 할 테지. 나는 이발소 거울에 내 얼굴을 비춰 보았다. 짧은 머리털이 사뭇 많이 자랐다. 할아버지가 중국에서 돌아오시면 자르기 딱 좋을 만큼 말이다.

작가의 말

충남 아산군 도고면 신언리 164번지 온광자전차점 안주인이신 이씨 할머니는 성씨가 이요, 이름이 씨다. 할머니 부모가 끼니 때우기 바빠 첫 딸의 이름을 거르고 만 것이다. 이씨 할머니는 언년이, 큰년으로 불리다 열세 살에 혼례를 치르고는 그 이름마저도 잃고 말았다. 이름이 대수랴, 배나 곯지 않으면 했는데 그것도 아니었다.

이씨 할머니는 말했다.

"말도 마라, 시집와서 고생한 걸 읊으면 몇 날 며칠 밤을 새워도 끝나지 않는다."

나는 어려서부터 이씨 할머니의 끝없는 이야기를 부뚜막 앞에서 들었다. 정말로 '끝없는 이야기'는 끝이 없이 되풀이되었지만 조금도 지루하지 않았다. 오히려 겻불처럼 오래도록 뭉근하게 내 가슴속에서 타올랐다. 어른이 된 뒤에도 '끝없는 이야기'의 불씨는 꺼지지 않아, 글을 쓰면서부터 이런 생각을 했다.

'모든 세상 사람들의 '끝없는 이야기'를 내 글에 담으리라.'

하지만 곧 내가 얼마나 오만했는지 깨달았다. 내 재주로 지어낸 이야기는 설어서 제대로 타오르지 못하고 사그라졌다. 세상 사람들의 진실한 삶을 담기에는 내가 좁고 얕은 탓이다.

그런데도 자꾸 터무니없는 욕심을 부리며 글을 쓰고 있다. 세상 곳곳에서 부딪치고, 넘어지고, 엎어지면서도 다시 일어나 살아가는 사람들의 모습이 아름다워 저절로 "이 사람 얘기 좀 들어 봐!"라고 하게 된다. 제 깜냥은 잊은 채 말이다.

태성이발소 가족의 이야기도 이름을 일일이 적기 힘들 만큼 많은 사람들의 '끝없는 이야기'에서 뽑아냈다. 역시 잣는 솜씨도, 엮는 재주도 모자라 그들에게 미안한 마음이다. 더욱이 이제 막 세상에 뛰어들어 자신만의 이야기를 만들어 가고 있는 청소년들의 목소리를 온전히 담지 못해 걸린다. 그러면서도 떼를 쓰고 싶다. 앞으로 열심히 살면서 세상을 제대로 담을 테니 너그럽게 봐달라고. 뻔뻔하게 그러고 싶다.

재주가 모자란 것을 뻔히 알면서도 용기를 주신 사계절문학상 심사위원 여러분께 감사드린다. 또 사계절출판사와 내내 즐겁게 작업하도록 도와주신 김태희 팀장님, 조소정 씨에게도 감사드린다.

청소년의 이야기를 들려준 이하람 군과 최기영 군이 없었다면 이 책은 세상에 나오지 못했을 것이다. 미안하면서도 감사하다.

책을 마무리하면서 많은 사람들의 얼굴이 떠올랐다. 부족한 딸을 한없이 믿어 주시는 아버지, 어머니, 너그러운 동반자 최달용, 내 힘의 원천인 최혜원, 좋은 친구 양지안. 모두 이 책을 만들게 한 숨은 공로자들이다. 감사한 마음을 말로는 다 할 수 없다. 글과 세상을 깨우쳐 주신 정해왕 선생님께는 모자란 것을 죄송해하며 인사드린다.

끝으로 사무치게 그리워도 볼 수 없는 두 분을 떠올린다.
세상에서 자전거를 가장 잘 고치셨던 할아버지와 세상에서 가장 아름다운 이름을 가진 할머니.
두 분께 이 책을 바친다.

김해원

열일곱 살의 털

2008년 8월 30일 1판 1쇄
2023년 3월 31일 1판 24쇄

지은이 김해원

편집 김태희, 박찬석, 조소정 | **디자인** 이혜연 | **제작** 박홍기
마케팅 이병규, 이민정, 최다은, 강효원 | **홍보** 조민희
출력 블루엔 | **인쇄** 코리아피앤피 | **제책** J&D바인텍

펴낸이 강맑실
펴낸곳 (주)사계절출판사 | **등록** 제406-2003-034호
주소 (우)10881 경기도 파주시 회동길 252
전화 031)955-8588, 8558 | **전송** 마케팅부 031)955-8595 편집부 031)955-8596
홈페이지 www.sakyejul.net | **전자우편** literature@sakyejul.com
블로그 blog.naver.com/skjmail | **페이스북** facebook.com/sakyejul
인스타그램 instagram.com/sakyejul

ⓒ 김해원 2008

값은 뒤표지에 적혀 있습니다. 잘못 만든 책은 구입하신 서점에서 바꾸어 드립니다.
사계절출판사는 성장의 의미를 생각합니다. 사계절출판사는 독자 여러분의 의견에 늘 귀 기울이고 있습니다.
이 책은 저작권법에 따라 보호받는 저작물이므로 무단전재와 복제를 금합니다.

ISBN 978-89-5828-306-5 44810
ISBN 978-89-5828-473-4 (세트)